「怖くない。一緒に気持ちよくなるだけだ」
「あ、んんっ」
彼がヒナタのそれと自分のをふたつまとめて握ってくる。

Cocktail Kiss Label

転生したら竜族の王子に猛愛されてます

今城けい
Kei Imajou

この物語はフィクションであり、実在の人物・団体・事件等とは、いっさい関係ありません。

Contents

イラスト・兼守美行

転生したら竜族の王子に猛愛されてます

その男と目が合った瞬間にヒナタの身体は固まった。

まずい。なんでこんなことに。

相手はこの国の王族で、しかも王太子殿下なのだ。

それに対してこちらは王宮事務官の下っ端に過ぎない者だ。そんなお方を直視するだけでも不敬に当たる。

あまりのことにいっきに頭から血が下がり、ふらつきかけたがからくもこらえる。

ここで尻餅をつくような不手際をしでかせば、上役からの叱責では済まされない。なにしろここは宮廷の舞踏会場なのだから。

ヒナタがなんとか体勢を立て直せたと思ったとき。

「そこの者」

多くの紳士淑女たちがさざめき合う会場のさなかでも、響きの良い男の声はよく通る。一瞬で場内が静まり返り、周囲の視線がアレクシス殿下の上に集まった。

そこの者とは誰だろう。まさか、とは思うけれど、いちおう動かずにいたほうがいいのだろうか。

戸惑っているうちにアレクシス殿下が足を進めてきて、ほかの誰でもない自分の前で立ち止まる。ヒナタはあわてて頭を下げた。

「おまえの名前は」

「ヒナタ・エルマー・エーレルトと申します」

内心の動揺を押し隠し、声を震わせないように返事するのが精一杯。すると、眼前の男から訝《いぶか》しげな問いが来る。

「ヒナタ？」

ここでさらに追い詰められた気分になった。なにしろ自分は下位貴族である子爵の次男。対する相手はリントヴルム王国継承権一位の王子。これ以上直答してもいいのだろうか。困惑してすくんでいたら「顔を上げよ」とご下命が降ってくる。いやおうなくヒナタは言われた姿勢になった。

「聞き慣れない名前だが」

目の前には一度見たら絶対に忘れられない美貌がある。

彼の背中を覆う黒髪は艶めいていて、漆黒のその眸《ひとみ》は黒曜石の輝きをたたえている。真の黒を有している髪と眸の色こそが、竜の血を引く王家直系の証なのだ。

並外れた美しさと彼のみが持つ迫力に気圧《けお》されて、ヒナタはつかの間茫然《ぼうぜん》としていたけれど、近くの誰かが咳《せき》払いをし、それでハッと我に返った。

「ヒ、ヒナタの名前は、小官が産まれた折に祝福してくださった神官様から授けられた、そう聞き及んでおります」

さっきの言葉の意図を察して返事する。

「その神官の出身地は」

「東方の出というだけで、はっきりした出身地は存じません」

「そうか」

言うと、彼はおもむろに姿勢を変えた。

踵《きびす》を返し、大股に去っていくその姿から、もはやヒナタごときになんの興味も持っていないと知らされる。

声をかけたのはたんなる気まぐれ。その程度のものだった。

ヒナタは遠ざかっていく王太子殿下の背中に一礼すると、可能な限りすみやかに舞踏会場を後にした。


会場を出て、廊下を進み、ふたつほど角を曲がって、ヒナタの足がふいにもつれる。とっさに手を壁についで身を支え、まわりに誰もいないことを見て取ってから、湧きあがる感情に身をまかせる。

（う、嘘だろう……。まさかあの方が自分なんかと）

いちおうヒナタも下位とはいえ貴族の一員。建国祭などの催しで王族のご尊顔を拝する機会はなくもないが、雲上人は遥《はる》かに遠い存在だし、身分的にも実際の距離のほうもかなりの隔てがあったから、対面するなど思いもよらない。

なのに、自分がごく近いところからアレクシス殿下と言葉を交わすなんて。

いまでも信じられないし、なぜだろうと考えてもわからない。

まるで脅かされた小動物が巣穴に逃げこむようにして、ヒナタは自分の職場である王宮事務局に急ぎ足で戻っていった。

「遅くなってすみません」

言いつけを済ませたことを先輩事務官に伝えると、相手はちょっと首を傾《かし》げてヒナタを眺める。

「なにかあった？　少し顔色が悪いようだが」

「あ、いえ」

なにも、と言いかけて考え直す。これは報告する必要があるのじゃないか。

「じつは、王太子殿下から直々にお声をかけられる出来事がありました」

「ええっ」

驚いたのは先輩ばかりではなく、室内にいたほぼ全員。

「どうしてきみに？」

「エーレルト君、なにかしたのか」

「アレクシス殿下はなにをおっしゃっていた？」

まわりからの質問攻めに、一生懸命考えつつ応じていく。

「理由はわかりません。言われたとおり従者殿に伝言をお渡ししました」

指示どおりに動いていたし、特に不調法や粗相はなかったと思うのだが。

「会場に入ったあとも目立ってはいませんでした。殿下はなんとなくこちらを見られ、たまたまわたしが目に入って気まぐれを起こされたのかと」

「だけど結構離れた位置にいたのだろう」

「はい」

「名前を聞かれて、それだけだった？」

「そうです」

その折の状況を問われるままに答えていき、しかしこの場の誰も殿下がなぜそうしたかを解することはできなかった。

「まあ、たんなる気まぐれの範疇《はんちゅう》だろうな」

「そうそう。たまにはあることだと聞いているし」

「だが、あれはいま二十五歳くらいの者に限ってはいなかったか」

そこまで言って、ヒナタを囲む人達は思わせぶりな目配せをした。

「二十五歳の？」

なんのことだろう。ヒナタは疑問を口にしたが、返ってきたのははぐらかす言葉だけだ。

「エーレルト君には少々早い話題だよ」

「まあ、そうだよな。この子はまだ十八歳だし」

「尊貴なお方の思考は下々には測りかねる」

なぜかいっせいにうなずき合って、それぞれ自分の机のほうに戻っていく。

「あ。エーレルト君。具合が悪いようだったら、今日は早上がりしてもいいよ」

さぞ緊張しただろう、まだ顔色がすぐれないよと労《いたわ》られ、ヒナタは「ありがとうございます」と頭を下げた。

「でも、あと少しで切りのいいところまで片づきますから」

「わかった。じゃあ無理せずに」

この王宮事務局は尚書省の一部であり、国政の一般的な文書を司っている。おもな仕事は各部署から提出された文書の精査、記録と保管。忙しいがやり甲斐《がい》のある職場だった。

（さあまた頑張ろう）

ヒナタは気持ちを切り替えて自分の机に戻っていくと、目の前に置かれた業務に取りかかった。

「エーレルト君、ちょっと」

「はい。なんでしょうか」

呼ばれてヒナタは席を立つ。

「この計算書を確認して」

「承知しました」

上役が差し出す書類を受け取って、ふたたび自分の場所へと戻る。机の前で椅子に座って、さっきの書類の数字を睨《にら》むと、

「エーレルト君、この資料を集めてくれ」

今度は斜め向かいに座る先輩が、紙片を振って指示を出す。これにも了解の返事をし、どちらを優先するべきか考えた。

ええと。この資料は明日の午後に必要なもの、ならば多少は余裕がある。だったら、まずは計算書の確認から。

では、と書類に目を落とし、間違いがないことを確かめると、ヒナタは上役にそれを戻して部屋を出た。

王宮事務局は、横に長い王宮建物群の西翼に位置している。そして、東翼にあるのが王宮騎

士団本部。

国王をお護《まも》りするのが近衛騎士団で、そのほかに王族方をはじめとする国家の守護を担うのが第一から第四騎士団。

つまり、こちらとあちらは文官と武官という括《くく》りになる。ただ、人員や所有する場所の広さをくらべると、武官組が圧倒的に多くて大きい。もっともどちらがより偉いというわけではなく、互いに派閥を作っての争いなどは特にない。派閥というのなら、むしろ宮廷内部のほうだろう。あちらは確か二大侯爵家の確執が有名だ。

廊下を行きつつヒナタがそこまで考えたとき。

「おい」

とっさにヒナタは足を止めた。振り向いてすぐ、誰なのか理解する。神殿長だ。

白い長衣に豪華な帯。手にした杖《つえ》にも過剰なほどの飾り物がついている。

彼本来の居場所は、当然ながら神殿にあるのだが、なぜかしょっちゅう王宮に顔を出すと聞いていた。

「そちがエーレルト事務官か」

「はい。さようでございます」

神殿長は五十代半ばほどか。太り肉《じし》で尊大な言動は、ある意味彼の箔《はく》付けに一役買っているのだろう。

どちらにせよ、怒らせてはいけない人物。ヒナタはただ畏《かしこ》まってそこに控えているしかない。

「なぜ、そちのような者の名をあのお方は問われたのだ」

あのお方、で誰かわかった。舞踏会の一件を聞き、探りを入れに来たのだろう。

「申しわけございません。王太子殿下のお考えは、それこそわたしのような者には到底計り知れません」

すると、神殿長は「ふむ」と洩《も》らしてこちらの全身をじろじろ眺める。

ヒナタの見た目は、両親や兄などに言わせると――おまえの頭髪は豊かに実る小麦色、大きな眸は瑞々しい若草色。それに、身長はさほど高くはないものの、均衡の取れたすらりとした身体つき――とのことだが、身内びいきの意見として割り引いて聞くほうがいいだろう。

現に、神殿長は冴えないものを見せられた表情で、鼻に皺《しわ》を寄せている。

「あのお方がこんな子供を」

言い置いて、彼は小馬鹿にしたふうに両肩を上げてみせる。

「考えるのも無駄であるな」

それから小虫を払うように手を振ると「もうよい。立ち去れ」と命じてくる。

逆らえる立場ではなく、また正直この場から解放されるのはありがたい。

「失礼いたします」

ヒナタは目の前の男にお辞儀をし、急いで目的の場所へと向かった。

廊下で神殿長に呼び止められて以降は、アレクシス殿下との関わりを誰かに追求されるようなことはなく、さいわいにもあれ以上の出来事は起こらないようである。

神殿長とのやり取りから数日経《た》って、ヒナタはいつもとおなじように仕事に精を出していた。

「この資料ですね。えっと。たぶん図書室に行けばあると思います」

書類の内容をざっと調べて返事する。ヒナタは今日も絶賛雑用をこなし中だ。

「じゃあ頼むよ。ついでに俺の予約の本も取ってきてくれないか」

「はい」

王宮の図書室は部屋といえども、地方の図書館よりは大きい。入室できるのは許可を得た者のみだが、王宮事務官は全員がすでにその許しを得ている。

晴れた日の午後、ヒナタは廊下の窓から差しこむ陽の光に自分の影を作りながら図書室に行き、言いつけどおりの書籍を持って来た道をたどっていた。

(お、重い)

資料用の本もだが、予約のそれらが思ったよりも多かった。せめて肩掛け袋を用意しておけばよかったが、すでに後の祭りである。ヒナタは結構な厚みのある本の山を両腕をプルプルさせながら運ばなければならなかった。

こんなときは自分の非力さが恨めしい。騎士団員とは言わないが、せめてもうちょっと筋肉がついていれば。

考えても詮無いことを頭に浮かべ、それでもよたよたと足を運んでいたところ。

「え、っ」

後ろから足音がして、そのまま抜き去っていくのかと思いきや、いきなり横合いから腕が伸びた。

「行き先は」

手に持っていた本を奪われ、ヒナタはつかの間ぽかんとした。

「どこまで行く気だ」

少しばかり苛立《いらだ》つふうに重ねて問われ、あわてて応じる。

「王宮事務局に戻ります」

そのあとさらにあせりながら隣に立つ男を見あげた。

「ですが、本は小官が運びますので」

「かまわない」

そう言われても、相手はこの国の王太子殿下なのだ。こちらはそうですかと引き下がれない。

なのに、当のアレクシス殿下は図書室の本をかかえてさっさと歩きはじめてしまう。

「お願いでございます。恐れ多いことですから」

「かまわないと言っただろう」

だけど困る。どうすればいいのかとアレクシス殿下の前後左右をちょこまか動き回っていたら、相手はちいさく吹き出した。

「面白いな。小動物を思わせる」

失笑されたが、こちらとしてはそれどころではない気分だ。

「本当に……お許しください」

半泣きになりながら彼のあとを追っているのを、相手は興味深そうに眺めるばかりで、いっこうに手にした本を返してくれない。

ヒナタは大股で歩く相手についていくのが精一杯。そうしてついに事務局のすぐ近くまで来てしまった。

「これは、アレクシス殿下」

廊下にいた事務官が王太子殿下を見て取り目を瞠《みは》る。その直後、急いで通路の端へと寄って深々と礼をするのを、ヒナタは進退きわまった状況で見ているほかない。

そうしているうちにさきほどの事務官の声が聞こえたのだろう、事務局長が大あわてで部屋から飛び出してきた。

驚いているのだろうが、とりあえずの笑顔を作ってなにか言いかけるのを彼は顎のひと振りでやめさせる。

「この荷物を引き取ってくれ」

事務局長が小腰をかがめて近寄って、書籍の山を彼から受け取る。それから上目遣いをしながら眼前の相手を窺い、

「あの。なにか不手際の段がございましたでしょうか」

おそるおそる上役が訊《たず》ねるのに、なんでもないふうに彼が言う。

「たまたま行き合わせて、重そうだったから引き受けた」

それだけだと黒髪の男は告げる。

そうしてあっさり踵を返すと、アレクシス殿下はそのまま来た道を戻っていった。

「エーレルト君、いったいなにがあったんだ」

殿下を見送ってのち、驚く局長に問われたが、どうにも返事のしようがない。

「それが、わたしにもわからなくて」

「わからないって」

「本当に心当たりはないんです。図書室の本を運んでいたときにあのお方が通りかかって、それを引き取ってくださったんです」

「そのときに王太子殿下はなにかおっしゃっておられたか」

「行き先は、と」

「それだけか」

「本は小官が運びますからとお伝えしたら、かまわないとお返事が」

「それから」

「お許しくださいとお願いしたら、あせっているその様子が面白いと」

小動物を思わせるともおっしゃっておられましたとヒナタは続けた。

「そのあとは」

「それだけです」

この会話に聞き入っていたまわりの者は、ここでいっせいに息を吐いた。

「だとすると、きみに不敬な言動はなさそうだ」

ややあってから局長が言う。

「助かった。竜の血を引くあのお方を怒らせるようなことがあれば、王宮事務局全員の首が飛ぶ」

聞いて、ヒナタは若草色の眸を瞠った。

「そんな。それほどに恐ろしいお方ですか」

局長は「いやいや」と首を振った。

「怒りっぽいお方ではない。臣下にことさら厳しい扱いもなされない」

だが、と局長はヒナタを見て言う。

「王宮に伺候するようになって、きみは半年あまりだろう。王族方のことについて、どのくらい知っている」

「はい。わが国の王族、ことに直系の方々は古より竜の血を引くのだと。また、そのためにリントヴルム国王陛下や王太子殿下は並外れて寿命が長いと聞いております」

「そうだな。それに、ただ寿命が長いばかりではない。国王陛下は竜王様から授けられた特別なお力でこの国を護っておられる。代替わりがあれば、次の国王陛下がそのお役目を引き継ぐのだ。ようするに、アレクシス王太子殿下は誰とも引き換えにできないお方。その尊いお方のご不興を買うというのがどういうことか、きみにだってわかるだろう」

「自分や家族だけではなく周囲の者も処罰の対象になるかもしれない。絶対に失礼があってはならないお方ですね」

「ああそうだ。それを肝に銘じてくれ」

ここで局長はあらためて周囲を見やる。

「話はこれまでだ。全員仕事に戻ってくれ」

ひとつ手を叩かれて、それを合図に皆はそれぞれ自分の机へと向かっていく。ヒナタもおなじようにしながら、疑問はいまだに残っていた。

以前神殿長に言ったとおり、アレクシス殿下のお考えは自分のような者には到底計り知れないものだ。

けれどもなぜ荷物持ちを買って出てくれたのか。ただの親切心なのか。

もちろんそれだけかもしれないが、なんとなく胸がざわつく。なんだか足元が不安定に揺れるような……これはいったいなんだろう。

「エーレルト君？」

いつの間にか足を止めて棒立ちになっていた。

「あ、すみません」

ヒナタは首をひとつ振ると、ふたたび忙しい日々の業務に戻っていった。


あの折に不敬な言動は特になかった。とはいえ、王太子殿下に荷物運びをさせたから、なにかしらの叱責があるのじゃないか。

そう思って数日びくびくしていたけれど、どこからもお咎《とが》めはないようだ。

(本当に助かった……)

ヒナタはあらためて自分の幸運を喜びつつその日の仕事を終わらせると、事務官用の宿舎に帰った。

リンネバウムと呼ばれるこの季節は、鈴のような実をつける木の花々がほころびはじめることからきている。太陽が力を増して、日も長くなり、本来気持ちの良い季節だが、残念ながらその夜は安眠にはほど遠かった。

久しぶりに『あの夢』を見たからだ。

夢の中で、自分は何者かの背中を追いかけている。必死で足を動かしているつもりで、なのにその誰かとの距離は少しも縮まらない。

待って。置いていかないで。せめて振り向いて、こちらを見て。

叫んだ言葉は、しかし声にならなかった。心臓をじりじりと焼かれているような感覚がして、痛くて、つらくて、なにより哀《かな》しい。

あの背中が誰なのかわかればいいのに。そうしたら、きっと呼び止められるのに。

けれどもどうしてもその名前が出てこない。

お願い、行かないで……っ。

「あ、っ」

いきなり目がひらき、敷布の上で上体を跳ねあげる。

夢の中で走っていただけなのに、息が苦しく何度も肩が上下する。無意識に額を拭うと、汗びっしょりになっていた。

「ゆ……め」

それを自分に言い聞かせるようにつぶやくと、ようやく大きな息ができた。

ああ……またこの夢か。

誰かを必死に追い求め、しかし決してつかまえられない。相手は一度も立ち止まらず、振り向いてくれることもまたなかった。

ヒナタは呼吸をととのえると、寝台から抜け出した。とりあえず汗に濡れた寝衣《ねまき》を脱ぎ、ざっと顔と身体を拭くと、新しい衣を箪笥《たんす》から出そうとして、ふっとその手が止まってしまう。

どうしよう。今夜はもう眠れる気がしない。だったら、敷布の上で朝までじっとしているよりも、ちょっと外に出てみようか。

夜間に部屋を出てうろうろすべきでないことはヒナタにもわかっている。けれども、ほんのちょっとだけなら。

この王宮に来る前、エーレルト家が持つ王都の屋敷にいたときには、こんな夜は庭に出て散歩した。そうしたら、少しは気持ちが落ち着いたのだ。

ここに来てからは毎日が忙しく、また充実もしていて、もう『あの夢』は見ないのかもしれないと思っていたのに。

どうしてだろうと考えたその直後、なぜか数日前に見た殿下の姿が脳裏に浮かんだ。

「……あ」

ふいに自分の足元がおぼつかなくなった気がする。

いまはいつか。ここはどこか。自分は誰か。そんなことがいっきにあやふやになったのだ。

ただ『あの場所』に行かなければならないという切羽詰まった思いに駆られる。

そこがどこかはわからない。けれどもどうしてもたどり着きたい。

そんな闇雲な衝動に圧されるままにいつしか部屋を出ていたらしい。

「え……あれ？」

ふと気がつくと、ヒナタはどこか知らない場所に立っていた。いつの間にか寝衣から普段着に着替えていて、周囲はこれまでに見たことのない景色。我に返ってきょろきょろあたりを眺めてみたが、やっぱりおぼえのない場所だ。

この周辺は密な生け垣に囲まれていて、そこを透かして外を見ることはできない。生け垣の内部は広く、立木があり、花壇もあり、小道をたどれば東屋《あずまや》に行けるようだ。その手前には大理石の噴水があり、澄んだ水音が聞こえている。

庭全体には王宮魔道士が設置したのか、ところどころに設けられた照明が白い光を放っていた。

すごく綺麗《きれい》な場所だ。それが最初の印象で、同時になんだかほっとするような気持ちもしていた。

なんだろう。とても落ち着く。まるで自分がいるべきところに戻ったような。

そんなはずはないのだとわかっていても、その想いは消せなかった。

まだどことなくぼんやりした気分のまま、ヒナタは噴水の横を通り、東屋へと向かっていった。

「誰だ」

白い石造りの東屋の近くまで来たときに、男の声が耳に入った。

まだ夢の中にいる気分でいたけれど、ヒナタはハッと我に返る。

「あ……その」

「誰の許しを得て入りこんだ」

問われて、とっさには返事ができない。

東屋の人影は、アレクシス殿下だった。

愕然《がくぜん》としてヒナタは悟る。ここは自分が来てはいけない場所だったのだ。

たぶん王族しか入れない憩いの庭。当然ながら自分などが足を踏み入れるところではない。

血の気の失せたヒナタが動けないままでいたら、相手は東屋から出てこちらのほうに歩いてくる。なんの言い訳も思いつかず、ヒナタは彼から断罪されるのを待つのみだ。

「おまえは……このあいだの」

近くまで来て、彼はヒナタがわかったようだ。きつく眉根を寄せていたその顔が、ふっと緩む。

「こんな夜更けに伝言か」

「あ、いえ」

緊急の用事があると思われたのか。しかし、そんなものは持ち合わせていなかった。

「申しわけございません。禁足地に立ち入ったのはわたしの落ち度でございます」

「どうやってここに入った」

アレクシス殿下の声音は平坦で、怒っているふうではない。けれどもその心情はヒナタには読み取れない。

「その。眠れないので散歩でもしようかと思いまして。そうしたらいつの間にかこちらの庭に」

口にしてみたら、なんとも間抜けくさい申し開きだ。自分でも嘘っぽく感じるのに、聞かされた相手のほうはなおさらだろう。

ふざけるなと言われるかとお叱りの言葉を待ったが、返ってきたのは違う問いだ。

「いつの間にかここにいた？」

戸惑う口調に、ヒナタも困って「はい」とうなずく。

「アレクシス殿下がこちらにおられるとは本当に知らなかったのでございます。ここに来るのも初めてで。なんとなく歩いていて、気がついたらこの庭に」

これは真実の言葉ではあるのだが、はたして信じてもらえるものか。なんとなくとか、気がついたらとか。あやふやにもほどがある。

きっと無理だと追い詰められた気持ちでいたが、しばらく経っても相手の反応が返ってこない。不思議に思ってそろそろと顔を上げたら、真正面にいる男はよくわからない表情でこちらを見ていた。

「伝言かと言ったのは冗談だ」

うんと長く感じられる時間が経って、こちらに視線を据えたまま彼がそう告げてくる。

「取次の事務官が入ってこられる場所じゃない。ここは宮廷でもごく限られた人間しか知らないからな」

どんな返しも思いつかない。ヒナタは無言で目を瞠った。

「そもそもこの庭に踏み入ろうと思うことさえできないようになっている。そういうふうに作ってあるのだ」

だとしたら、この庭そのものに魔法がかけられているのだろう。ヒナタはそう理解した。

でも、それならば自分はなぜ。

「いま一度聞く。どうやってここに入った」

ヒナタを見据えて低く問う。このとき彼を取り巻く気配がいっきに変わった。そうして漆黒の双眸《そうぼう》が怖いほどの光を放ち、

「誰の差し金でここに来た」

殺される。掛け値なしにそう思った。

目の前のこの男が発しているのはまぎれもなく殺気だった。

「言え」

答えても答えなくても無事では済まない。

ただの下級事務官がここに断りもなく入りこんだ罪は逃れようもないのだから。

ヒナタは真っ青な顔色になりながら、わななく唇を動かした。

「誰の命令でも……ありません」

「嘘をつくな」

獣に食われる直前の小動物。その気持ちが痛いほどに思い知らされ、ヒナタはもう声も出せずに首をわずかに振るばかりだ。

「この結界を破れるのはそこらの魔道士ではできない技だ。言え。誰がおまえをここに寄越した」

「ほ、本当に。わたしは半分寝惚《ねぼ》けたままにここにさまよいこんだのです」

「嘘だ」

彼はゆっくり首を横に振ってみせる。

「ここには誰も入れさせない。俺はそう約束したのだ。だから、安心してこの庭で遊べばいいと」

誰と約束したのだろう。思った直後、ひどく頭が痛くなった。

「あ……」

周囲の景色がぐにゃりと歪《ゆが》む。目眩《めまい》の感覚に、こめかみの横を押さえてうつむけば、自分ではおぼえのない感情が胸の内に注がれる。

哀しい。せつない。苦しい。

それはそう訴えていた。

寂しい。つらい。会いたい。

声にならない声で、それは嘆き哀しんでいた。

ヒナタは知らず両手を前に差し出した。

まるで、そこにいる誰かを抱き締めようとするかのように。

お願い、そんなに苦しまないで。

いつかきっとそこに行くから。

誰にともわからないまま、ヒナタがそんな想いを心に浮かべたとき。

「……なぜ、泣く」

問われて、ほとんど無意識にヒナタは応じる。

「わたしは、泣いているのですか」

目の前の男はひとつ肩をすくめた。

「訊ねたのは俺なのだが」

まあいい、と彼は続ける。

「ここを出るぞ」

言いざまこちらの腕を摑《つか》んで引っ張ってくる。

この段で、ようやくヒナタに現実感が戻ってきた。

「あ、あの」

「なんだ」

「この庭に勝手に入りましたこと、あらためまして深くお詫《わ》び申しあげます」

悪いのは自分だとわかっている。ともかく何度でも謝罪せねばと思ったが、相手はヒナタの腕をぐいぐい引っ張って歩かせながらそっけなく言い放つ。

「それはもういい」

「で、ですが」

「自分でもわけがわかっていないのだろう。だったら、なんの詫びなのだ」

そう言われれば、返事に窮する。

ヒナタが目を泳がせている内に、ふたりは庭を突っきると、やがて生け垣の外に出た。

やはり彼の言ったとおりに結界が張られていたのか、背の高い植えこみの隙間を抜けたその瞬間、ふたりは廊下に立っていた。

「こいつを自室に戻しておけ」

彼の命令に、来たときにはいるように思えなかった警護の騎士たちが近づいてくる。

剣を提げた騎士たちにヒナタの身柄を渡してから、アレクシス殿下は不機嫌な表情で声を落とした。

「おまえの処分は近いうちに言い渡す。それまでは自分の部屋で謹慎していろ」

つまり、このの ち確実にお咎めがあるのだろう。

ヒナタは目の前を暗くしつつ、先導する騎士の後ろをついていった。


それから三日後、ヒナタは自室から引き出された。迎えに来たのは眼鏡をかけた若い男で、彼の姿を戸口の向こうに認めたとたん、驚きに固まった。

「きみがヒナタ・エルマー・エーレルト君だね」

おだやかな雰囲気ながら、その所作には隙がない。先に立って歩く様子は気軽な散歩といったふうだが、おそらくは見えないところに警護の者がついている。

なぜなら、彼はアルタウス公爵家の嫡男で、父親はこの国の宰相閣下、そして自身も王太子殿下の側近を務めている男だからだ。

宮廷では次期宰相と目されているこの人物が、わざわざ王宮事務官の下っ端を呼び出しに来た。それが意外で、ヒナタはこの先に待つ自身の運命をつかの間忘れてしまったが、そのひとときが過ぎ去れば嫌でも悲壮な気持ちになる。

このあとは投獄か、最悪は即処刑か。どうか、自分の身の回りの人達だけは赦してもらえますように。それだけは地面に頭をこすりつけてでもお願いするのだ。

青い顔で拳を握って歩くヒナタは、まさしく市場に売られていく牛の気分だ。

深くうなだれたままヒナタはやがてどこかに行き着き、ひらかれた扉の向こうに通される。

「……え」

てっきり牢獄《ろうごく》か、あるいは取調室のようなところに連れて行かれると思っていたのに。

いま目の前に見える景色は、それとは違う豪華な場所だ。

広い室内。洗練された調度の数々。高い窓の前には大きな机と背もたれのある立派な椅子。

そして、その椅子に座っているのは王太子殿下そのひとだった。

「殿下。お連れしましたよ」

眼鏡の男に声をかけられ、彼は「ああ」とそっけなく返事した。

「いまは忙しい。そこらへんに座らせておけ」

「はいはい」

気安い応答ができるのは、ふたりの関係が親しいことを示している。

ヒナタは戸口の近くにあるソファの席を勧められて座ったが、生きた心地はしないままだ。

「もうしばらく待っていてくれませんか。殿下がめずらしく執務に精を出す気になっておられるので」

いたずらっぽく笑いながら彼が言う。すると、執務机の向こうから不機嫌そうな叱声が飛んできた。

「ヨハンネス。余計なことをしゃべるな」

「かしこまりました。わが君」

軽い調子で応じて、ヨハンネスは自分の主の横に行く。そうしてアレクシス殿下が目を通している書類の数々に簡単な注釈を入れはじめた。

ヒナタは床に這《は》いつくばって嘆願する時機を逃し、ただ茫然とソファに腰かけているばかりだ。

背筋を伸ばし、正面を見て、心は不安と絶望にくまなく塗りこめられている。そんな時間がどのくらい経っただろうか。

「おい」

いきなり覚醒の時が来て、ヒナタはハッと我に返った。

「目を開けたまま寝ているのか」

「あっ、い、いえ」

途中から意識がなかった。もしかして緊張感に耐えかねて半分気絶していたのか。気がつけばソファの向かいにアレクシス殿下が腰かけ、侍女が運んできた紅茶と茶菓子が目の前に置かれているところだった。

自分の側近を背後に立たせ、彼は飲み物を口にする。そうしてヒナタをじろりと睨んだ。

「飲まないのか」

「あっ、その」

嘆願するならいまここだ。ヒナタはソファの上から滑り下り、両膝をつくなり平伏した。

「お、お赦しください」

家族だけはと口走る。

額が床につくほどに身を折ったヒナタの上に、ややあってから返答が来た。

「なんの話だ」

機嫌が悪そうな問いかけに、これはもう駄目なのかと暗澹《あんたん》たる気持ちになった。

「家族がなんだって？」

すると、横から眼鏡の男が口を添える。

「先日の不敬の段で、この方の家族までが連座でお咎めを受けるのではないかと心配しているのですよ」

そのとおりですと心のなかでうなずいて、さらに頭を低くした。

「馬鹿馬鹿しい」

しかし、殿下はその言葉をあっさり一蹴してのける。

「そんな格好はいますぐやめろ。ソファに座って飲み物を飲め」

やむなくヒナタは言われたとおりに座り直した。

「家族がどうとかは思い過ごしだ。おまえを処罰するために呼んだのでもない」

……本当だろうか。地獄からいっきに引き戻された心地で、現実感が湧いてこない。

窺うような目つきになっていたのだろうか、相手はフンと鼻を鳴らした。

「おい、ヨハンネス。こいつになにか気付け薬でも嗅がせたほうがいいのじゃないか。半分正気を失ってるみたいだぞ」

「それは」

ヨハンネスは苦笑しつつヒナタの傍《そば》までやってきた。

「エーレルト君、大丈夫です。あなたにもご家族にもお咎めはありませんよ」

「ほ、本当ですか」

「はい。そうですよ。今日あなたを呼んだのは」

そこでいきなりアレクシス殿下がふたりの会話に割って入った。

「おまえがあまりにもあやしいからだ」

ヒナタはきょとんと二重の目を大きくした。

「はい？」

「おまえはあやしい。あやしすぎる」

ど、どこがだろうか。その理由が思いつかず、ヒナタは視線をさまよわせた。

「心当たりはないのか」

「はっ、はい」

「じゃあ聞くが、おまえはどうしてあの庭にいた。どうしてあのとき泣いたんだ」

その質問はあれからヒナタが何度も考えたことだった。自問の末にいちおう出した結論をためらいつつ口にする。

「庭にいたのは半分寝惚けてさまよいこんだせいではないかと思います。その、わたしがまだ幼いころはときおり夢を見て寝室から抜け出すクセがあったのだと家族から聞きました」

ヒナタが言うと、彼はあっさりうなずいた。

「確かにそんなクセがおまえの過去にあったようだな」

え。ご存知なのか。でも、なぜと視線で問うたら面白くもなさそうに相手が返す。

「部屋に帰したあとで、おまえの身辺を徹底的に調べさせた」

面食らって、ヒナタは目蓋をぱちぱちさせた。

「おまえのようなぼんやりしたやつが自分の意志でなにかことを起こしたとは思えない。だから、背後におまえを操る何者かがいるんじゃないかと考えたんだ。それでおまえのまわりを事細かに調査した」

「はい」としか言いようがない。

「おまえの交友関係はもちろん、おまえが屋敷や学院で接触した人間はことごとく調べさせた。縁戚関係も三代まで遡って調査済みだ。なのにおまえは」

彼は形のいい眉をしかめてから言葉を続ける。

「まったく少しも問題がない。ほのぼの家族におだやかな友人関係。家庭教師も庭師もメイドも料理人も、執事から馬丁にいたるまですべて裏も翳《かげ》りもない。おまえはいいお坊っちゃんで、親切な友人で、真面目に努力する学生で、誠意を持って仕事にあたる新人事務官。これっぽっちもあやしいところが見つからなかった」

それだけ大掛かりな調査をと驚きながら、ヒナタは深く頭を下げた。

「お手数をおかけして恐縮でございます」

だったら見逃してもらえるのか。そう思ったのもつかの間だった。

「だから、これだけあやしくないおまえはあやしい。俺はそう結論づけた」

ヒナタは（えええ）と内心で呻《うめ》いてしまった。

それは理不尽というものではないだろうか。けれどもアレクシス殿下はきっぱりと言ってのける。

「しかたがないので、あやしいおまえは俺の監視下に置くことにする」

「はい……？」

思わず声が出てしまった。

「不服か？」

不機嫌そうな男の口調に、ヒナタは反射的に身をすくませた。

なにも言えずに固まっているこちらの前で、漆黒の眸の男が言い放つ。

「だが、決めた。いまからおまえは俺と行動をともにする。つねに俺の目の届くところにいるべきで、勝手な行動は許さない」

それは……でも、事務官の仕事はどうなる？

救いを求めるようにヨハンネスに視線を投げたら、彼は微苦笑を浮かべながら助け舟を出してくれた。

「王宮事務局にはあなたをしばらく貸すように頼みます。少しばかりやる気を出したアレクシス殿下が、執務の手伝いにエーレルト事務官を指名したと。希望が通れば——まあ通るのはほぼ確定事項なのですが——きみは王太子宮で起居することになるでしょう」

しかし、これを助け舟と言ってもいいのか。それは、投獄や処刑よりはよっぽどいい流れなのだが。

判断しかねて、ヒナタは困惑するしかない。

「執務の手伝いに関しては、すべてわたしに聞いてくれればいいですよ。最初は慣れないと思うので、まあぼちぼちやっていきましょう」

よろしいですかと念を押され、ヒナタは「はい」とうなずくだけだ。

降って湧いたなりゆきだが、いちおうは穏便な結末と納得すればいいのだろうか。

なんとも判じかねて、ヒナタは「よろしくお願いします」と頭を深々下げたのだった。

王宮事務局から貸し出しの格好で王太子殿下の執務の手伝い。これを下級の事務官がやる。普通に考えれば常識外れの人事だが、王族の意向とあらばあっさり通るのが宮廷というものだろう。

その日からヒナタは王太子宮の人となり、はたらく場所も住む部屋もそちらに移った。

そうして毎日アレクシス殿下の執務室に行き、ヨハンネス直属の部下として、この部屋の主人の目の届くところにいる。

仕事が終わって執務室を退出しても、戻るところはアレクシス殿下の寝室にほど近い一室だ。

ここはヒナタが予想していたよりも遙かに広く、なにより豪華な調度がひしめき合っている。この壺《つぼ》は自分の給金の何年分くらいだろうか。この床の絨毯《じゅうたん》は、まさか異国から渡ってきた希少な織物ではないだろうか。

食事も以前とは違って、食堂ではなく自室内で食べるように言われていて、この部屋に侍女が運ぶ毎度の食事はヒナタにとってはとんでもないご馳走だった。

食器は高価とわかっているし、侍女が給仕についているのも気を使う。そのうえ料理の量も多く、残さずに食べるだけでもひと苦労というありさまだ。食事が終わって侍女が下がると、ヒナタは毎回ぐったりしてしまうのだった。

ヒナタの環境が変わってから一週間あまりが過ぎて、今日も執務室ではたらいている最中に、ヨハンネスがこちらを見ながら言ってきた。

「少し顔色が悪いように思いますが」

ヒナタは「え」と右頬に手を当てる。

「食事はちゃんと取っていると聞きましたが、夜はちゃんと眠れていますか」

「はい。大丈夫です」

とっさに応じたが、そうではないと見抜かれてしまったようだ。

「仕事も住む場所もいっきに変わって、落ち着かないでいるのでしょうね。緊張が解けてくれば、いずれ眠れるようになります。あなたの寝室に寝酒でも運ばせましょうか」

ヨハンネスがそう言ったとき、それまで無言でいたアレクシス殿下が口を挟んできた。

「酒より風呂に入らせろ」

「え？」とヨハンネスは首を傾げる。

「風呂なら毎晩入っていると思われますが」

「それじゃなく、あっちの風呂があるだろう」

聞いて、彼は眼鏡の奥の双眸を大きくする。

「あっちのあれですか」

「ああ」

アレクシス殿下の返事はそっけなく、ヒナタにはなんのことだかわかりかねた。

しかし、彼の側近であるヨハンネスにはきちんと伝わっていたらしい。

「承知しました。それではさっそく支度を命じてまいりましょう」

ほとんど理解はできなかったが、自分がなんらかの風呂に入るというのはわかる。

けれどもその晩起こったことは、ヒナタの想像を優に超えるものだった。


「え、えええ」

立派すぎる脱衣所の隅っこでヒナタは困り果てている。

夕食後、どうぞこちらにと侍女に案内されたのは風呂場というか、大浴場の中だった。そこで湯浴《ゆあ》み用だという前合わせの薄い衣を渡されて、これに着替えてどうぞと言う。

「あの。でもわたしはこういうところの作法がよくわかりません」

「大丈夫でございます。その衣をお召しになって、中の浴槽に身体を浸せばよいのです」

この説明を聞かされても、少しも納得かつ安心はできないが、侍女はさっさと下がってしまうし、こうなれば言われたとおりにするしかない。

心細い思いをしつつヒナタはとりあえず湯浴み用の衣に着替えて、おそるおそる大浴場の内部へと足を進めた。

「えっと、洗い場は」

まずは身体を清めようと大理石の床の上できょろきょろしたが、それらしき道具は周囲に見当たらない。

この大浴場は天井が丸い椀状になっていて、高さも相当あるようだ。湯気がすごいから全体は見渡せないが、おおむねは磨かれた大理石で作られていて、あちこちに凝った趣向の像が飾られているようだ。

少し先のあの像はぼんやりとしか見えないが、たぶん壺を肩にのせた女の姿で、その壺から湯が湧き出しているらしい。

「す、すごい」

浴槽は湯気のせいもあるのだけれど、その端が見えないほどの広さがある。

こんな豪奢な風呂場などヒナタは見るのが初めてで、このときばかりは好奇心が気後れに先立って、もっとよく覗いてみようと浴槽の縁あたりまで進んでいった。

「……ん？」

その先になにかぼんやりした影のようなものがある。浴槽の中に置かれたこれも彫像のひとつだろうか。

さすがにすごい。自分の知っている風呂場とはまったく違う。

像の位置は低いから、腰を下ろした格好のもののようだ。もっとしっかり見てみたいと上体を伸ばしたとき、どこからともなく風が吹いて、少しばかり湯気が薄れた。

「う、え……っ!?」

見えたのは彫像ではなく人間の身体だった。流れる黒髪が湯の中で広がって揺らいでいる。

あああ。これは、このひとは。

「も、申しわけありませんっ」

まずい。ものすごくめちゃくちゃまずい。王太子殿下の入浴を覗いたなんて、今度こそ処刑される。

ヒナタは文字どおり飛びあがって、いっきに回れ右をした。

「わわっ」

けれどもあんまりあわてたので、磨かれた大理石の床に足を滑らせる。そのいきおいで後ろざまに浴槽の水面へと。

ああ……終わった。ヒナタ・エルマー・エーレルト、これにて一巻の終わり。

もはやあきらめの境地で目をつぶり、水飛沫《しぶき》を上げながら湯の中に沈んでいく……はずだった。

「え……っ」

確かに浴槽の中に落ちた。しかし、ヒナタの身体は沈んでおらず、なにかしっかりしたもののお陰で固定されているようだ。

「なにをしている」

その声が自分のいまの状態を悟らせる。

まさか、もしかして、いきおいよく浴槽に落ちた自分は王太子殿下そのひとに抱き止められた？

「ひえっ」

変な声が喉から出た。すると、アレクシス殿下が「じっとしていろ」と顔をしかめる。

「背中から風呂に入るやつがあるか」

「あ、も、申しわけありま……」

「あやまるな」

言いかけるのに彼が被《かぶ》せて「それよりどこも痛くないか」と気遣う言葉をヒナタにくれる。

「あ、はい」

男の膝の上に座ってヒナタはうなずく。浴槽のこの場所は階段状になっていて、彼はその中ほどに腰かけている。だから、ヒナタは腰の上あたりまで湯に浸かっている格好だ。

だが、それはどうでもいい。問題なのは自分が王太子殿下を尻に敷いている状況だ。

「あ、あの」

不敬の極みの格好に胸が潰れる思いをしつつそこからすみやかに逃れようとして、その直後にヒナタの身体は固まった。

「……あ」

姿勢を変えたので、彼ともろに目が合った。

湯を含んでさらにしっとりと艶めく黒髪。そこからつたった水滴がひと筋頬を流れていく。普段の美貌がさらに艶《なま》めかしさを増して、ヒナタの息を止めさせる。

動きもならずただ彼を見つめていたら、相手はヒナタを無礼者めと放り出すことはせず、こちらを見ながらおもむろに口をひらいた。

「再度聞く。おまえはなぜあの庭で涙を流した」

たかが事務官の下っ端ごときがたとえ泣こうが泣くまいが、王太子殿下にとっては取るに足らない出来事だろう。

それなのに、この方はあれからずっとそのことを忘れずにいた?

ヒナタは慎重に考えてから自分の気持ちを口にする。

「どうしてなのかわかりません。でも、自分の胸がひどく締めつけられる感じがして。なにかとても大事な……だけど哀しいなにかが、心の内から込みあげてきたのです」

「哀しいなにかとはなんなのか、いまのおまえに説明できるか」

「それは……」

思い出してもやはり言葉にはできなかった。あの折の気持ちはまるで靄《もや》の向こうにあるようで、自分でも摑めない。

「申しわけありません」

ヒナタは横に首を振った。

「どうしても形にはならないのです」

「そうか」

彼はつぶやき、ヒナタを囲っていた両腕の力を解いた。

「もしも思い出したら教えてくれ」

自分には計り知れないことながら、彼にとってそれは大事な事柄らしい。

「わかりました」とうなずいて、ヒナタはあっと声を洩らした。

「ごっ、ご無礼をいたしました」

話している間中、自分は彼の膝に座ったままだった。あわあわと身動きして彼の上から滑り下りる。

もはや遅いができるかぎり失礼のないように離れようと思ったのに、転げるみたいに身を捩《よじ》ったら、浴槽の深い場所まで落ちてしまった。

「まあそうあわてるな」

浴槽の中でばしゃばしゃやっていたら、のんびり口調に止められた。

「せっかく風呂に入りに来たのだ。ゆっくり湯に浸かっていけ」

浴槽のいちばん下に足をつけ、ヒナタは中腰で振り返った。

「でも。あの」

「そもそもこの湯はおまえのために張ったものだ」

驚くことを告げられて、ヒナタはぽかんと口をひらいた。

「おまえが寝不足だとかなんだとか言うから、こうして湯浴みをさせてやった。ここで気持ちよく疲れれば、夜もぐっすり眠れるだろう」

じゃあ……とヒナタは事の真相に気がついた。

これはこの方の気遣いであり、親切から出たものだった？

「あ、ありがとうございます」

畏れ多い事態に、ヒナタは前髪が湯に浸かるほど頭を下げた。

「おい、なにをしているんだ」

顔が濡れてしまうだろうと彼が笑う。笑った様子は初めてなので、ヒナタはますますあわててしまった。

なんだろう、顔が熱い。湯にのぼせてしまったのか。

頬を上気させて、ヒナタが鼓動を速めていると、彼がそれをどう取ったのか「そんなにうろたえなくてもいい」と言ってくる。

「俺が先に風呂場にいたのは、さすがにおまえのために湯を張れとは言えないからだ。ここは俺もときどきしか使わない場所だからな」

それは、そうかもしれない。いくら王太子殿下でも日常遣いにするには、この浴場は豪華すぎる。

しかし、だったらなおさら自分にとっては分不相応な場所ではないか。

「気にするな。おまえを無理に事務局から借り出した、そのちょっとした慰労のためだ」

ヒナタの逡巡《しゅんじゅん》を察したのか彼が言う。恐縮して、お辞儀をしようと頭を下げたら、湯に顔面を浸してしまった。

「わぷっ」

「おいおい。あきれたやつだな」

面白そうに彼が唇の端を上げる。

「さっきのいまだぞ。おまえの頭は飾りものか」

言ってから、彼は自身の顎の上に手をやった。

「いや、そうでもないか」

おまえは特別試験を受けて王宮事務官になったのだったな、と彼が言う。ヒナタは「はい」とうなずいた。

「あの試験は上級職への足がかりになるものだ。広く人材を募るためにああやって門戸をひらいているわけだが、そこを通るのは容易ではない。上位貴族の連中はもったいをつけるのが好きだからな」

皮肉っぽい言いようだった。宮廷批判になるのでヒナタはうかつに同意できず、彼の言葉の続きを待った。

「それでもたまにおまえのようなやつが交じりこんでくる」

言って、アレクシス殿下はヒナタの姿を一瞥《いちべつ》する。

「一見すると、のんびりぼんやりしているように思うんだがな。あの試験を通るには天賦の才か猛烈な努力がいる」

おまえはどっちだと問いかけられて、ヒナタは迷わず返事した。

「努力のほうです。王宮事務官になりたくて、学院に入る前から勉強しました」

「子供の頃から？」

「はい」

「そんなちいさいときから野心満々でいたわけだ」

そうだろうか、とヒナタは首を傾ける。王宮事務官になって、出世の足がかりを摑みたい。そんなふうに考えていたおぼえはなかったけれど。

「違うのか」

ヒナタの仕草で察したのか、彼が自分の考えを言えとうながす。少しばかり思案してから、いまの気持ちを口にした。

「野心ではないような気がします。将来のためとかではなく……どうしてもそうしなければならないような」

王宮を目指していたのはやむにやまれぬ想いだった。

あそこに行かなければならない。どうしても。

そのためにもっとも適切な方法がそれだったのだ。

「王宮ではたらくひとになりたい。幼いながらそう決心していたように思います」

「なぜ」

ヒナタは困ってあいまいに首を振った。

「……わかりません」

すると、殿下はハアッと息を吐き出した。

「またそれか」

「も、申しわけ……」

「もういい」

言うと、男は水音を立てながら腰を上げる。そうして浴槽の中を歩いて縁まで行くと、長い脚でいきおいよくそこから出た。

「おまえはいつでもそれだ」

濡れた身体で大理石の床を歩き、途中で止まって振り向いた。

「いまの会話で、おまえはますますあやしいやつだと思ったからな。もうこうなったら、おまえから少しも目を離さない。ずっと俺の傍に控えろ。勝手にどこにも行くんじゃないぞ」

憤然とした足取りで男の姿が消えたあと、取り残されたヒナタは途方に暮れている。

どうしよう。どう言えばよかったのか。

けれども名案は湧いてこず、うつむいて湯の面をただ見つめるばかりだった。


「殿下。おはようございます」

お目覚めの時刻です、と天蓋つきの寝台の脇で言う。

ここは王族であるアレクシス殿下のもっとも私的な場所、普通ならヒナタなど覗くことも叶《かな》わない寝室だ。

なのに、こうやって王太子殿下の寝起きの顔を拝し、ばかりか彼付きの侍従が着替えをさせるのを少し離れたところで見守る。

「あとはいい。自分でする」

途中で面倒になったのか、彼は侍従を下がらせて、みずから衣服を身に着けていく。

今朝のそれは深い紺色の上着に黒色の細身のズボン、足元はふくらはぎのあたりまである革靴だ。

派手ではないが、精緻な縫取りがほどこされた上着を羽織ったところで、彼が「おい」と声をかける。

「なぜ下を向いている。そこに虫でも歩いているのか」

「あっ、いえ」

急いでヒナタは顔を上げた。

「なんでもございません。失礼しました」

まさか着替えを見ていると、なんとなく落ち着かなくてそうなったとは口に出せない。

風呂場でアレクシス殿下に抱きとめられた翌朝、彼は自分が言ったとおりの行動に出た。

つまり、四六時中ヒナタを傍においておくと宣言したあのことだ。

執務の最中もおなじ部屋、食事はさすがに一緒の食卓に着くことはないのだが、声をかければすぐに届く控えの間でヒナタも運ばれた料理を食べる。

そして、極めつきがこの朝の時間だ。

彼いわく――毎朝おまえが起こしに来れば夜のあいだに抜け出していないかわかる――だそうだ。

何食わぬ顔をしてこっそり抜け出していたらどうする、と思ったけれど、それを顔つきから察したのか――おまえはそんな器用なやつではないからな――と当たり前のように言われてヒナタは二の句が継げなくなった。

信用されているのか、それとも軽く見られているのか。たぶん後者なのだろうと思うけれど、どのみち起床のお声がけは決定で、あれ以後の五日間、ヒナタはこうやって毎朝彼を起こしにきている。

殿下の寝顔を見るたびに胸が変に騒ぐのだが、それは高貴な方の無防備な姿を見るせい。自身にはそう言い聞かせるようにしていた。

決して風呂場で濡れた男の身体と密着していたために、それをいちいち思い出しているせいではない。

漆黒の髪からこぼれる滴とか、湯浴み用の薄い衣を通して伝わる男の逞《たくま》しい肉体なんかをよみがえらせているわけでは絶対にないのだから。

「あの……お着替えも終わられたようですし、わたしは一度下がらせていただきます」

無理やり妄想を打ち切ってヒナタが言うと「どこへ行く」と咎められた。

「あの。いったんは向かいの部屋に下がります」

「朝食を取るのだろう。おまえのぶんも用意させるから食べていけ」

聞いて、目を丸くする。王太子は昼食と夕食はそれぞれ専用の部屋を使う。朝食だけは面倒だからと扉を隔てた次の間で取るのだが、もしかしてそこに自分も？

「せ、僭越《せんえつ》ながら申しあげます」

「なんだ」

「おなじ食卓に着くなど、分を超えたおこないかと存じます」

「分などどうでもいい」

アレクシス殿下は邪魔くさそうに言う。

「いちいち出たり引っこんだりされるほうがわずらわしい。今日の予定を聞くのにも都合がいいし、今朝から一緒に食事を取れ」

わかったな、と言ったのはヒナタにではなく傍にいた侍従のほうにだ。

「かしこまりました」

あっ、待って。と内心で思ったけれど、侍従はうやうやしく一礼して去っていく。

こうしてヒナタは王太子殿下とおなじ食卓に着き、運ばれてきた料理をともに食べる羽目になった。

「今日の予定は」

喉に突っかかえる気分がしたままの食事が終わり、紅茶を前にしたときに彼がおもむろに聞いてくる。

「本日は正午までが執務のお時間でございます。それからご昼食と休憩とを挟みます」

「そのあとは」

「午後三時よりアッペル伯爵との面談がございます。ご用向きは領地にて産出された宝石の献上です」

「それから」

「午後五時には神殿長の」

ヒナタがそこまで言ったとき、彼が嫌そうに手を振った。

「それは不要だ。面談は却下してくれ」

ヒナタは目をぱちぱちさせた。

神殿長はこの宮廷では力のある存在だ。王家ほどではないのだが、信仰心の篤《あつ》い人々のあいだでは絶大な人気がある。そんな相手を苦もなく切っていいのだろうか。

けれどもアレクシス殿下は「いいから」と押しきった。

「理由はおいおい話してやる。いまはそのとおりにするように」

疑問はあれど、ヒナタは了承するほかはなくその件はそれで終わった。

「あとは」

「それだけです。あ、あと。今日のことではないのですが」

「なんだ」

「ベルツ侯爵夫妻から園遊会の招待状がございます」

「そいつも不要」と言ってから、彼は「ふむ」と考える様子になった。

それからややあって、紅茶の碗を取りあげながら告げてくる。

「そちらには出席の返事をしてくれ」

「はい。承知しました」

「ああ、そうだ」

ついでのように彼が茶碗を置きつつ言った。

「会にはおまえも出席しろ」

「はい……え？」

ヒナタはぎょっとして顔を上げる。

「わたしが、でございますか」

「不服か」

「あ。いえ、とんでもないです」

一国の王太子殿下に文句など言えるはずない。

だが、本当にいいのだろうか。

「そんな顔はしていないぞ。思ったことを正直に言え」

命令されて、ヒナタはやむなく自分の懸念を口にする。

「わたしなどを連れていっては、アレクシス殿下のご迷惑になろうかと」

おずおずと上申してみたけれど、返ってきたのは「その配慮は無用だ」という言葉だった。

「俺の随行者は俺が決める。それが嫌なら会には出席しないまでだ」

アレクシス殿下らしい言いようだった。

この方は自分の連れに難色を示されたら、本当に出席をやめる気がする。

「おまえも来い。決定だ」

このひと言でヒナタの園遊会行きは確定。どうなることか不安でいっぱいなのだけれど、なんとか無難に乗りきるしかないのだろう。

気が重い園遊会当日の朝、ヒナタはいつものとおり執務室で補助作業をおこなっている。

仕事の内容は、ヨハンネスの手伝いだ。

彼に言われるままに資料を集め、計算書の確認をして、気になるところや間違いのある箇所は報告をする。

つまりは事務局でやっていたこととおなじであり、最初のころは緊張しきっていたけれど、ここ最近はどうにか業務に慣れつつある。

「ヨハンネス様。この書類のことなのですが」

紙の束をかかえて彼のところに行き、気になる箇所を指で示す。眼鏡の男は書類を受け取り、それをじっくり見ていたあとで、

「……ああ。なるほどね。そういうわけか」

眼鏡の奥の切れ長の眸がきらりと光っているから、なにか重要な事柄を見つけ出したと推測できる。

次の言葉を待って傍らに立っていたら、ふいに腕が伸びてきてよしよしと頭の上を撫《な》でられた。

「いいですね。じつにいい」

「あ、ありがとうございます」

「この調子で、どしどし報告してください」

やさしい眼差しを向けられて、ヒナタは大きくうなずいた。

「はい。頑張ります」

ヒナタは彼と一緒に仕事をするようになってすぐ、このひとはずば抜けた切れ者だと知らされた。

なにしろ頭の回転が速く、一を言えば十を解する。なのに性格はかなり気さくで、ヒナタが彼への呼びかたを迷っていたら――ヨハンネスでいいですよ――と微笑しながら言ってくれた。

事務局の仕事もやり甲斐があったけれど、この男はヒナタにとってはいわば理想の上司だった。

「ヒナタ君はいい子ですね」

もう一度頭を撫でてくれようとしたその直前、執務机のほうから大きな声が投げかけられる。

「ヨハンネス。俺にもその資料を寄越せ」

彼はぴたりと手を止めて、アレクシス殿下のほうに向き直る。

「はいはい。もうこれ以上さわりませんよ」

言って、執務机の横に行き、なにか小声で自分の主と話をはじめた。

ヒナタは褒められてうれしくて、もっともっと頑張らねばと自分用にあたえられた隅の小机に戻っていくと、さらに書類の精査をはじめる。

そうして、作業に集中して午前中が終わったときに、ヨハンネスがヒナタの横に来て言った。

「食事が済んだら、出かける支度をお願いしますね」

「あ、はい」

園遊会に出席するための衣装はこのひとが手配したと聞いている。さして裕福でもない子爵家の次男としては、こんな場合の衣服を仕立てる伝手《つて》もない。結果、恐縮しつつもありがたくこれを受けていたのだった。

「それではよろしく。時間になったら迎えに行きます」

これにも了承し、ヒナタは食事後に侍女たちが持ってきた衣装を目にすることになる。

「わ……」

用意された品を見て、ヒナタは思わず声を上げた。

自分が想像していたよりも遥かに立派なものだったのだ。

シャツの袖口と襟には繊細なレース編みがほどこされ、上着は若草色の艶のある織物で、そこに銀糸を絡めた白い刺繍《ししゅう》が全体を彩っている。

ズボンは象牙色の見るからに上質なもの。短靴は山羊のなめし革を使い、洒落《しゃれ》た形に作られている。

そしてそのどれもがヒナタの寸法にぴったりだ。

侍女に手伝ってもらってそれらを身に着け、しかしヒナタははしゃぐような気分にはなれないでいる。

自分にはもったいないのじゃないだろうか。こんなに高価な衣装、自分が貯めていた給金で支払えるものだろうか。

現実的な心配が湧いてきて、ヒナタはそわそわしてしまう。

試験のための学問ばかりしていたから、晴れやかな衣装を着て外出するなど子供のとき以来だった。

園遊会にはアレクシス殿下とともに出席する。ならば、この衣装をご覧になったあの方はいったいなんと言われるだろう。期待外れとがっかりさせてしまうだろうか。

そんなことを思いつつ自室の真ん中に突っ立っているうちに侍女たちは姿を消し、まもなく扉が叩かれる。

「はい、どうぞ」

それに応じて扉がひらかれ、直後にヒナタは口をぽかんと開けてしまった。

「え……」

戸口の向こうにいたのは迎えに来ると言っていたヨハンネスではなく、美麗な衣装に身を包んだ王太子殿下だった。

彼が着ているのは漆黒の髪と眸によく似合う黒緑色の上着に、同色のズボンである。

上着のほうは銀糸を絡めた白い刺繍がされていて、ヒナタのそれと揃《そろ》いの意匠のようにも見える。

「どうした、そんなに驚いて」

度肝を抜かれているヒナタを見て、殿下が面白そうに笑う。

「え……あ、だって」

びっくりしたあまり敬語がすっぽ抜けてしまう。

「すごく、綺麗で」

普段から恐ろしいほどの美貌なのに、こうして美麗な衣装を纏《まと》うと、さらに尊貴な印象が際立ってくる。

それに、この衣装はお揃い感があるようなのだが。まさかこの格好で、ふたりして侯爵夫妻が主催する園遊会に出席を？

そこまでいっきに思考が走り、そのあとヒナタは上着の釦《ボタン》に手をかけた。

「なにをしている」

「上着を脱ごうと」

「なんのために？」

「別の上着に着替えようと思うんです」

「どうしてだ」

「え。その。気のせいかもしれませんが、アレクシス殿下のお召し物とちょっとばかり似た部分があるようなので。これはあまりにも分不相応なのかなと」

言ったら、彼が長い脚を動かしてふたりの間を詰めてきた。

「分不相応なことはない。なかなか似合っているじゃないか」

少し手前で立ち止まり、アレクシス殿下がざっとヒナタを眺める。

「いつもの灰色の上着よりはよほどいい」

「そ、そうでしょうか」

褒められた感じではないようだが、ヒナタは丁寧にお礼を述べる。

「立派な衣装を作っていただき、恐縮です。本当にありがとうございました」

すると、相手は気を良くした様子になり、縦に頭を動かした。

「よしよし。その服が気に入ったのだな」

そら行くぞと手を差し出され、ヒナタはさらにあせってしまった。

「そ、それは違います」

その仕草は貴婦人をエスコートするときのものであり、下級事務官が受けていいものではない。

「気にするな」

「と、言われましても」

「連れを後ろに立たせてふんぞりかえる、俺をそんな愚かな男にさせたいなら別だがな」

アレクシス殿下はずるい。そんなふうに言われたら、手を取るしかなくなってしまうじゃないか。

ヒナタが男の手に自分のそれをおずおずと重ねた瞬間。

（……っ!?）

そこから肘のあたりまで電流が走り抜ける感覚がした。

一瞬の驚きと、なんとも言えない感情がそのあとに湧く。

なんだろう。これは。自分はこの感じを知っている。

昔……そうだ、かつてこの気持ちを味わった。

男と手を重ね、ヒナタは思わず顔を上げる。すると、相手もまた戸惑う表情でこちらを見ていた。

なにも言えない。言葉が出ない。ただ心が震えて、泣きたくなるような感情が津波のように押し寄せてくる。

慕わしい。せつなく、哀しい。愛おしい。ああ、このひとは誰よりも大切な……。

（……アレクシス殿下）

声にはならず、唇だけが勝手に動いた。すると、彼がぎゅっと手を握ってくる。

「あ……」

そこから甘く痺《しび》れるような感覚が胸の中にまで伝わってくる。

自分より大きく骨太な男の手。自分はこれを知っている。いや、知っていた。

この手に触れられ、守られ、慈しまれてきた。あれはいつのときだったろう。

あらためて男の顔を見あげると、彼はもう戸惑う表情はしていなかった。

彼もまた尽きせぬ情動があるかのように、こちらにひたと眼差しを向けている。

その眸から発される感情は自分には複雑すぎて読みきれない。けれども強い、猛々《たけだけ》しいほどの男の想いが痛いくらいに伝わってくる。

まるで自分をつらぬき穿《うが》つ漆黒の刃のように。

思わず震えて身を引くと、そうはさせまいと相手がさらに手を強く握ってくる。そうしてもう片方の手が伸びて、ヒナタの背中に当てられた。そのままぐっと引き寄せられて、ほとんど抱き合う形になる。

すると突然ヒナタの脳裏に、彼と風呂場で密着していたあの感覚がよみがえる。

もう忘れよう、思い出すまいとしていたのに。

広い肩。厚みのある胸。剛《つよ》く長いその腕は自分など簡単に囲いこめる。そして、もう離さないと言わんばかりにきつく激しく抱き締められて。

「や……っ」

自分の想像が息さえも苦しくさせる。知らず唇がわなないて、かすかな声音がこぼれ出た。

「嫌か」

相手もまた掠《かす》れた声だ。ヒナタはわずかに首を横に振ってみせた。

なぜなのかはわからない。だけど、この方とこうしているのは嫌じゃない。いろんな気持ちが交じり合って怖くなってしまうけれど、それでも自分は……。

なんなのか。その想いを探ろうとした直後、ヒナタは固い物音にまばたきした。

「あ、っ」

無理やり現実に引き戻される感覚に目眩がする。

入室の許可のためにひらかれていた扉を誰かが叩いたのだ。

視界を霞《かす》ませてそちらのほうに目をやると、姿がはっきり見える前に声のほうがやってきた。

「無粋な真似をして申しわけないのですが、そろそろ出立のお時間です」

「……ヨハンネス、様？」

ややあって、ようやく相手が誰かわかった。

彼は澄ました顔のまま「そうですよ」と言ってくる。それからアレクシス殿下に向かって
「お邪魔でしたか？」としれっとした口調で訊ねる。

「そんなわけがないだろう」

強い口調で言いきって、アレクシス殿下は足を踏み出した。

「ヒナタ、行くぞ。さっさと来ないと置いていく」

そして、彼は少し前に言っていた――連れを後ろに立たせてふんぞりかえる、そんな愚かな男――そのままにずんずん先に歩いていった。


気まずい。侯爵家に行くための馬車に乗ったはいいけれど、さきほどのひと幕があったためになんとも言えない雰囲気がふたりのあいだに漂っている。

アレクシス殿下は腕を組んでむっつりしたまま、ヒナタはそんな彼の前に畏まって座っている。

こちらから話しかけられる立場でもなく、これはもう出先に着くまでだんまりが続くのかと思っていたが。

「おい。さっきのあれはなんなのだ」

いきなり問われて、ヒナタは目を白黒させた。

「あ、あれとは」

「ごまかすな。絶対おまえがなにかしたに違いない。どうやったのか白状しろ」

「え。ですが、わたしは」

言いかけたら、彼の腕が前に伸び、額の真ん中を指で突かれた。

「あぅ」

「なにもしていないわけがない。だったら、さっきのあれはなんだ」

なにと言われても返事に困る。むしろあれがなんだったのか知りたいのはこちらのほうだ。

「おまえはあやしい」

また額を突かれる。

「で、でも」

「このうえなくおまえはあやしい」

またも突かれ、ヒナタはもう涙目になってしまった。

「わ、わかりません。本当なんです」

「なんでおまえはいつもいつもわからないで済ませるんだ」

殿下が咎める眼差しを向けてくる。ヒナタはうっと身をすくませた。

「俺を納得させる返事をたまにはしてみせろ」

またも指で額を軽く押しやられ、追い詰められたヒナタはもう破れかぶれの気持ちになった。

「そ、そんなことを言われても、わからないものはほんとにわからないんです。そうとしか言いようがないんです」

我を忘れて必死になって言い返す。

「それにさっきはアレクシス殿下だって変でした。ぼ、僕を抱き寄せるみたいにして。あんな眼差しを僕に向けて。あんなふうにされたら、頭の中がぼうっとなって、なんにもわからなくなったって、しかたがないじゃないですか。僕だって……ちゃんと考えようと思ったんです。なのに……殿下が、あんな目で僕を見るから……」

敬語がすっぽ抜け、最後のほうは涙声になってしまった。べそを掻《か》いているヒナタを見て、彼はしばしあっけにとられた様子になったが、ややあってから戸惑う顔でつぶやいた。

「なんだ、おまえ。そうやってべそべそしていると、まるっきり幼子とおなじだな」

いったい誰のせいで泣いていると思っているのか。心の中での反論はさすがに口にはできないで、情けない顔面を相手に晒《さら》しているほかない。

すると、彼は表情をやわらげてこちらを見やる。

「そうだな。あれは俺の気のせい、勘違いだ。こんな子供が、まさか」

そこでいったん言いやめてから、彼がヒナタのつむじを眺めてふたたびつぶやく。

「……そうだ。まさかだ」

それから今度はゆっくり腕を伸ばしてきて、頭の上を撫でてきた。

「もう泣くな。おまえはとんでもなくあやしいが、そうやってめそめそされると据わりが悪い」

「は、はい……」

「なにか甘い菓子でもあればよかったな」

このつぶやきから察すると、彼は自分を十歳以下の子供と見なしているのだろう。

「次からは馬車に常備させるとしよう」

そう決めて、彼はヒナタの額の上に手を当てた。

「ほらもう大丈夫。痛くない」

言いながら、そこをやさしく撫でてくれる。

「大丈夫だな。痛くないな」

ヒナタがかすかにうなずくと、さらによしよしとそこを擦る。

「もう平気だ。なんともない。だから泣くな」

「う……はい」

「鼻をかむか。ハンカチを貸してやろうか」

「いえ……大丈夫です」

ヒナタはどうにか涙を収め、詫びの言葉を口にする。

「申しわけありません。泣くつもりではなかったんです。それに、あなた様のせいだなどと失礼を申しました」

恐縮しきってヒナタが言うと、彼は両肩を上げてみせた。

「どちらかというと失礼をはたらいたのは俺だったがな」

悪かったな、と彼は言い、ふっと真面目な顔つきになる。

「今日訪れるベルツ侯爵家について、おまえはなにを知っている」

この質問にヒナタは居ずまいを正して応じた。

「わがリントヴルム王国における二大侯爵家の筆頭です。ベルツ侯爵領は王都の南東にあり、他国にまで伸びている大河を利用した交易が盛んな土地です。ご令室は宮廷の社交界でつねに流行を発信する力を持ち、多くの貴婦人方と交流しておられます。また、ご子息は特に跡取りのフランツ様が優秀で、前々年度に学院を卒業されて、いよいよ本格的に領地経営に携わっているのだと」

「二年ほど前ならばおまえもその者を知っているのか」

「はい。ただわたしとは格が違う身分のお方で、直接話をすることはなかったですが、気性のまっすぐな立派なひととなりだと噂では聞いています」

「他にはどんな噂がある？」

「悪い評価はありません。学問にも剣術にも秀で、真面目で正義感の強いお方と」

「なるほどな」

彼は感情の読めない顔でうなずいた。

「そういうことならやりようがある」

「とおっしゃいますと？」

不敬かもしれないが、好奇心に負けてしまって問いかけた。

アレクシス殿下は特に気を悪くした様子もなく、淡々と答えてくれる。

「この前おまえが見つけた書類の不備、あれに関わることだ」

あ……とヒナタは目を見ひらいた。

あれはわが国と他国との貿易の内容を、月別、地域別、品目別に表したものだった。

だとすると、あの件に侯爵家が関わっている？

「おまえをこの園遊会に連れてきたのには理由がある」

殿下がそう言い、ヒナタは背筋をぴんと伸ばした。

「はい、なんでしょう」

「ヨハンネスとのやり取りで感じたが、おまえはそこそこ目端が利く。勘もいいし、記憶力も、洞察力もなかなかだ」

ヒナタは真面目にうなずいた。褒められてうれしかったが、その次に来る言葉が重要なのだと思ったからだ。

「だからおまえは今日の園遊会場で、できるかぎりいろいろな人々の噂話を仕込んでこい」

貴賤《きせん》を問わず、どんな会話もおぼえておけと彼が言う。

「いかにも人畜無害そうなおまえなら会場の連中も油断する。その点ではおまえのほうがヨハンネスより適任だ」

なるほどと素直にヒナタは納得し、次いであることに気がついた。

「あ。でしたら」

「なんだ」

「こんな綺麗な衣装ではなく、いつもの事務官のお仕着せがよかったかもしれません」

言うと、彼は少しばかり眉根を寄せる。

「その服が気に入らないのか」

「あ、いえ。そういうわけではなく。ちょっと目立ちすぎるかと」

なにしろアレクシス殿下とお揃いを思わせる意匠なのだ。

「それはそれでいいんだ」

妙にきっぱり断定する。ヒナタは首を斜めにした。

「おまえの眸の色に合わせて俺が選んで作らせた」

(え。アレクシス殿下がこの衣装を見立てられた?)

目を丸くするヒナタの前で、彼は「ああ」と軽くうなずく。

「その程度の衣装なら綺麗すぎるということはない。むしろ、いつもの灰色の服のほうが、あの園遊会では地味すぎてかえって浮くぞ」

侯爵家の園遊会など招待されたこともなく、ヒナタはそうなのかと思うばかりだ。

「俺はずっと傍についていてやれないが、おまえはおまえでうまくやれ」

「はい。承知いたしました」

頭を下げれば、自然と上着の若草色が目に入る。

これを、この方が選んでくれた？

そう思うと、なんだかすごくくすぐったくて落ち着かなくて。

「ありがとうございます」

弾む口調になっているのが自分でもわかってしまう。

「この服は汚さないよう気をつけます。大事に着させていただきます」

ヒナタが言うと、彼はちょっと眉を上げ、そののちにぶっきらぼうな口調で寄越した。

「それしきで礼など不要だ。気に入っているんならそれでいい」

それからぼそりと言葉を足した。

「その服はおまえによく似合っている」

それきり彼は口を閉ざして、窓の外を眺めているから、赤くなったこちらの顔を見られないで済んだのだった。


園遊会はヒナタの知らない世界だった。

よく手入れされたこの庭はいまが盛りと花々が咲き誇り、美味しそうな料理が置かれた円卓が数多く置かれている。

正式な昼餐や夕餉と違い、食事は基本立食式で、その代わりどこにでも座れるように椅子やソファの類があちこちに用意されていた。

花の香りと、旨そうな料理の匂い。それに、出席者のつけている香水が漂って、ここが華やかで贅沢な場所であると知らしめる。

美しいドレスを纏った貴婦人方は陽射しを浴びるのを嫌ってか、つばの大きな帽子や、レースの日傘を差しているが、色とりどりのそれらがまるで大輪の花々が咲いたような印象だった。

だが、こんな麗しい世界の中でも、アレクシス王太子殿下はまったくの別格だ。お着きを知らせる口上があったとたん、その場の全員が立ちあがって礼儀にのっとった挨拶をする。侯爵夫妻もすぐさま殿下の許に参じてきて、丁寧かつにこやかに会話をはじめた。

(それでは僕は、と)

たんなるおまけのヒナタは会場に入ったときから殿下とは別行動だ。あらかじめ言いつけられていたとおりに各所を回って情報を仕入れる役目。

王宮事務官になるためにありとあらゆる時間を使って勉学に勤しんできたヒナタは、社交が盛んになる季節になってもそういう場所にはいっさい顔を出さなかった。

両親が社交の場でヒナタの動向を聞かれたときには、身体が弱くてとか、たまたま親戚の領地まで出かけておりましてとか、適当に言い繕ってくれたらしいが、そもそも子爵家の次男など歯牙にもかけられていなかったようである。

この会場には誰も自分を知っている者はいない。それは大変都合が良く、ヒナタはあちらこちらと場所を移してひたすら人々の会話を耳に入れ続けた。

いわく、ベルツ侯爵の妻は最近国宝級の宝石を買ったそうだ。あるいは、ベルツ侯爵は先月他国から駿馬を五頭手に入れて、それがまた王宮の厩舎《きゅうしゃ》にいるそれらよりもさらに高価なものらしい。それから、ベルツ侯爵夫妻はそれぞれに愛人がいて、いわゆる仮面夫婦の仲らしいとか。

主催者なだけあって侯爵夫妻に触れる話題が多いようだが、それらをざっとまとめれば、金遣いが派手でお互いを顧みず好きなように暮らしている、ある種典型的な上位貴族の暮らしぶりだ。

もっとも、ヒナタはそうした情報ばかりではなく、もっと他愛ない噂話もたくさん仕込んだ。たとえば、誰がどんな仕立て屋でドレスを作らせているのかとか、先日どこぞの貴族夫妻に嫡男が産まれたとか、たったいま、あそこにいる女性ふたりはにこやかに話しているけれども恋の鞘《さや》当ての真っ最中だとか。

ヒナタはじょうずに人々の動きのあいだにまぎれこみ、さりげなく彼らの話に耳をそばだて続けていたが、実際のところこれらの話題の中でもっとも多かったのがアレクシス殿下に関することだ。

相変わらずお美しい。神々しい方。言葉にならないほど素敵なひと。美丈夫。威厳がある。

さすが竜の血を引くお方。人並みはずれているのも当然。

ほら、あの素晴らしい漆黒のお髪《ぐし》と眸とを見て。あれほどに混じり気のない黒色は王家以外にはありえないわ。

そこに立っておられるだけで夢幻かと思わせるね。

まさしく伝説級のお方ですもの、お目にかかれただけで今日ここに来てよかったわ。

あ、こっちをご覧に。なんて綺羅綺羅しい……。

大量の賛辞が、おもに女性たちからささやかれる。

ヒナタがさまざまな噂話を聞いてみるに、アレクシス殿下は長いあいだ園遊会というものにはいっさいお出ましにならないでいたらしい。どころか、王宮外に足を運ばれることもなく、なにかをご自分からなされる気配もなさそうだったと。

王太子殿下は常日頃から憂いを帯びて、他人には関心がなく、退屈しのぎに誰かを召されることもあるが、二度目は決してないという。

ようするに、竜の血を引く王族として大いに尊敬されてはいるが、無気力で退廃的な生活を送っている麗人。そんな括りでいるらしい。

そう思えばそうも見えるか。

ヒナタは遠くからアレクシス殿下を眺める。

彼はいま挨拶に来た伯爵令嬢と対面している。会話はない。どうでもいいように相手をただ視野に入れる。

ひたすらに美しい奇跡の彫像のような彼の姿。そこに温かみは存在しない。

もちろん、ここに来る馬車の中で——大丈夫だな。痛くないな——などと言ってくれたひとはいない。

尊貴の血を持つ王太子殿下に会って、のぼせて我を忘れたふうな令嬢などは彼の視野に入っておらず、ただ退屈な時間が過ぎ去っていくのを待っているかのようだった。

ただ人にとっては、しょせん理解できようはずのない尊貴な血。

竜の血を引くものは普通の人間の何倍もの寿命がある。貴族といえど、それほど長く生きるものは存在しない。

古代の神竜に祝福されたこの国の王族は特別で、だからありふれた人間とは一線を画している。

次の国王になられるアレクシス殿下は神聖にして不可侵なお方であり、時折いかにも倦《う》んだふうに人々に接していても、それはしかたのないことだ。

それらの言葉に、最初はいったい誰のことを言っているのかと思ったけれど、こうして遠目に眺めていると、確かにそのようだと納得できないことはない。

でも……。

その姿を見て、ふいにヒナタは胸が痛んだ。

ああ……まただ。またあの感覚。

苦しい、哀しい、せつない。自分はどこにも行き着けない。

ずっとずっとたどり着きたい場所があるのに。

「ずいぶんと思いあがっているのだな」

いつの間にか物思いに沈んでいて、そこにいきなり声をかけられ、ヒナタの肩がビクッと跳ねる。

意識をなんとか切り替えて、そうっとそちらを振り向くと、思いがけない人物が立っていた。

「よくもそのような格好で人前に出られたものだ」

憎々しげな眼差しを投げてくるのは神殿長だ。肉付きの良い男の姿を前にして、ヒナタは思わず目を瞠る。

神殿長が王宮にやたらと出向いてくることは知っていたが、まさか侯爵家の園遊会にも出席していたなんて。

「恐れ入ります」

神殿長の狙いがはっきりしないので、ひとまずヒナタは丁寧に礼の仕草をしてみせた。

「なにが恐れ入りますだ。さほどに殊勝な心根があったなら、そんな衣装など着られぬだろうに」

「それは申しわけございません」

「なにが悪いのかわかっておるのか」

神殿長は追及の手を緩めない。心当たりもあることで、ヒナタは正直なところを言った。

「王太子殿下といささか服装が似通っているからでしょうか」

「そうだとも」

唾が飛ぶいきおいで言ってから、ヒナタに向けて指を差す。

「おまえは確かエーレルトとか言うやつだな。殿下にお目通りが叶う立場になったゆえ、そうしておのれが偉くなったと勘違いをしておるのなら、わしがそれを正してやろう」

厄介なことになったと困っていたら、相手はさらに言いつのる。

「おまえはたかだか子爵家の、しかも次男の身分だろうが。それが、王太子殿下や宰相閣下のご子息の傍に仕えておるうちに、思いあがってきおったな。似たような衣服を着こみ、殿下とおなじ馬車に乗るなど」

神殿長は足を進めて、ヒナタの上着を引っ摑んだ。

「し、神殿長様」

胸倉を摑まれて胸が苦しい。しかも乱暴に引っ張るから、上着の釦が取れそうだ。

「お許しください」

「ならぬぞ」

思ったよりも神殿長の力は強い。

「灰色ネズミの服を着るのがせいぜいのおまえごときに、その衣装は似合わぬぞ。ユリアン様ならいざしらず、おまえのような子供など」

ついに釦を留めている糸が布からちぎれてしまった。

「あ……っ」

ヒナタが茫然としているあいだにも、服を引っ張る力は少しも緩まない。

自分の立場では神殿長に逆らえない。でも、このままでは。

絶望的な気分で周囲に視線をめぐらせたとき、近づいてくる誰かの姿が目に入った。

「エーレルト君、だね」

朗らかに問いかけられて、一瞬ぽかんとしてしまう。

「久しぶり」

相手はこの状況にも関わらず、ヒナタのすぐ脇に来て、にこやかな挨拶を寄越してくる。

横目でひとまず「はい」と応じはしたものの、この金髪の青年は誰だろう。以前に見たことがある気もしているのだが。

その疑問に対する解答は、ヒナタの胸倉を摑んでいる男からやってきた。

「フランツ様」

神殿長はぎょっとした顔をしている。それもそのはず、遅まきながらその名前で気がついた。

この青年は、園遊会の主催者であるベルツ侯爵家の嫡男だ。

「ど、どうして」

驚きに目を剥《む》く神殿長を眺めながら、フランツは悠々と言ってのける。

「エーレルト君はわたしとおなじ学院の出身でね。よくできた学生だから、わたしが目をかけていたんだよ」

そうだろうか。そんなおぼえはなかったが。

しかし、この際は黙っているのが良策だ。ヒナタが口をつぐんでいたら、神殿長がようやく上着から手を放した。

「父が探していましたよ」

これは神殿長にかけた言葉だ。言外に、ここから去れという彼の意志が含まれている。

それを読み取った神職者は「うぬぬ」と低く洩らしたけれど、ヒナタをぎろりと睨んだあとで、言われるままにこの場から消えていった。

「大丈夫かい」

フランツが心配そうに問いかける。

「大変な目に遭ったね」

「お手数をおかけして、申しわけありません。それと、ありがとうございます」

「いいんだよ。さっきも言ったが、おなじ学院で学んだ者同士だしね」

微笑したフランツは「あちらに行こうか」と手を広げて誘ってくる。

「向こうの花壇にはめずらしい植物があるんだよ」

助けてもらって、これで失礼しますとは言いにくい。ためらったが、金髪の青年にうながされるまま庭の奥へと歩いていった。

「この花は南方にしかないものだ。去年の交易で手に入れたと母が自慢していたよ」

しばらく行って、立ち止まり、花壇を見ながら彼が言う。

「素敵な花ですね」

それしか言葉が見つからず、ありきたりな感想になってしまった。

「本当にそう思う？」

「はい」

嘘ではないのでそう返す。フランツはちょっと肩をすくめてみせた。

「素敵な、か。我が家は二大侯爵家の一翼と言われるために、ずいぶん無理しているんだよ」

これには返事ができなかった。言葉に詰まったヒナタを見て、彼は微苦笑を頬に浮かべる。

「神殿長をあんなふうに好き勝手に振る舞わせているのもね。あれは両親の意向だが、僕にはそのことがどうしても」

眉を寄せてつぶやいたあと、フランツは面持ちを平静なものに変えて「ごめんね」と言ってきた。

「愚痴っぽいだろ。いきなりこんな話を聞かされても困るよね」

きみを見て、学生時代を思い出したと彼が言う。

「あのころは少なくともこうした悩みはなかったからね」

理由を知りたかったけれど、同時にこのことを詮索してはいけないとわかっていた。

聞いてもおそらく彼は答えず「ではまたね」とさりげなくこの場を去っていくだけだろう。

だから、ヒナタは違う話題を口にした。

「ベルツ様は成績優秀、品行方正でおられました」

ヒナタより一学年上だったが、教師陣には好かれ、生徒たちからは慕われていた。

「僕はベルツ様のお悩みなど知る立場にはございませんが、きっと困難を力に変えて乗り越えられるお方だと思っております」

言いきってから、僭越だったと気がついた。ヒナタは困って目線を揺らす。

「その。勝手なことを申しあげてすみません。僕も、少し……学生時代の気分になってしまいました」

ぼそぼそとつぶやくと、彼は一拍置いたあとで、端正なその頬を緩ませる。

「うん。ありがとう」

それから頭を軽く振って、ヒナタの顔を覗きこんだ。

「きみも頑張っているんだよね。念願の王宮事務官になったと聞いたよ」

ヒナタは驚いてまばたきした。

「え。ご存知でしたか」

「もちろん。わたしたちより一学年下の子がずいぶん勉学に打ちこんでいることは周知の事実だったからね。いつでも本に頭を突っこんでいるんだって有名だったよ」

「う、それは……恐れ入ります」

「どういたしまして」

フランツは気さくに言って、明るい笑みを浮かべてみせた。

「そんなきみだからおぼえていないかもしれないけれど、わたしは一度きみと話をしたことがあるんだよ」

「え」

「その顔。やっぱりおぼえていなかったね」

「申しわけありません」

「いいんだよ。だけど、その詫びにベルツではなく、わたしをフランツと呼んでくれる?」

「でも」

そんな厚かましい真似が許されるものだろうか。しかし、相手はこちらのためらいを軽々と超えてきた。

「かつてはおなじ学院の学生同士だ。堅苦しいのは抜きでいこう」

さあ、呼んでごらんと彼がうながす。逆らえなくて、おずおずと「……フランツ様」と声にした。

「うん。それでいい。わたしのほうもきみをエーレルト君ではなく、ヒナタ君と呼んでいい？」

「はい。それは」

「こうしてきみと話していると、学生時代に戻ったみたいで楽しいね」

それからしばらくは学院の思い出話を振られるままに語り合った。

授業で興味のあったこと。教師や生徒たちの面白い逸話など。

フランツはヒナタよりも事情通で、もっぱら彼がいろんなことを教えてくれた。

そうだった。あんなこともあったっけ。へえ、あの先生がそんなことを。

話題は無邪気な楽しいものに終始していて、ヒナタもつかの間の学生気分を心地よく味わった。

「だ、駄目です、笑ってしまう」

「いいよ、笑って。実際愉快な話だしね」

昔話にフランツも笑いながら、さらに幾つかの楽しい出来事を語ったあとで、彼はふっと面持ちをあらためた。

「……フランツ様？」

「そういえばね」

変わった雰囲気に戸惑うヒナタに彼が一歩距離を詰める。

「あのとき知りたかった答えをわたしにくれるかい」

ヒナタは両眉を上げたあと「なんでしょう」と彼に聞く。フランツは小腰をかがめてヒナタと目線を合わせてから、

「きみが探しているものがなんだったのか」

なんのことを問われたかわからなかった。

探しているもの。そんな話をしただろうか。

困ったヒナタが黙っていると、おなじ姿勢を保ったまま近い距離から彼が言う。

「一度きりなんだけど、きみと話す機会があってね、その折にわたしがどうしてそんなに勉強するのかと聞いたんだ。そうしたら、探しているものがあるからって」

「僕が、ですか……？」

「うん。あのときはなにかぼんやりしたふうで、ほとんど無意識に言葉が出てきたみたいだった」

そんなことを言っただろうか。

探しているもの。そのために勉強していると答えたのか。

けれどもヒナタには心当たりがまるでない。

ただ闇雲に勉強したのは事実だけど、それはいつか王宮に行きたくて……。

「で、どう？　探しものってなんのこと？　結局それは見つかった？」

ヒナタがその問いに答えることはできなかった。直後に彼がハッと目線を上げたからだ。

「これは、アレクシス王太子殿下」

フランツが畏まる様子を無視して、漆黒の髪の男はヒナタと青年とのあいだに身体を割りこませる。

「なにがあった」

冷ややかな声とともに向けられる殿下の視線はヒナタの破れた上着の胸元。それからゆっくり背後に目をやり、

「きみか？」

「ち、違うんです」

ヒナタはあわてて取りなした。

「フランツ様ではありません。フランツ様は、そんな」

「……フランツ？」

歯の隙間から出てきたような低い声音。あっと思う暇もなく、ヒナタの肩は殿下に摑まれ、身体が密着するくらい傍に引き寄せられていた。

「ベルツ侯爵の息子だな」

姿勢を変えられ、ふたりしてフランツのほうに向き合う格好にされてしまう。

金髪の青年は、まるで氷の刃を突きつけられでもしたように、じりっと踵を後ろに下げた。

「こいつが世話になったようだな」

「いえ、そんな」

「だがこれ以上は必要ない」

言いざま、彼はヒナタごと反転する。そうして歩き出そうとするから、これだけはと声を上げた。

「あの、アレクシス殿下」

「帰るぞ」

「ですが」

もしも誤解をしているようなら、どうにかして解かなければ。

そう思って言いかけたのに、ヒナタの意志はあっさり彼に散らされる。

「もう充分だ」

肩を摑まれているために、歩を運ぶ男の横をヒナタもまた進まねばならなかった。

それでもなんとか首をひねって「フランツ様、すみませんっ」と謝罪の言葉を背後にいる青年のほうへと投げる。

せめてもと思っての行動だったが、それがアレクシス殿下を余計に怒らせてしまったらしい。

帰りの馬車が王宮に行き着くまで、むっつりと腕を組んだ相手を前に、すっかり縮みあがったヒナタは重たすぎる沈黙を耐えて過ごさねばならなかった。

ずいぶんな終わりかたで締めくくられた園遊会から戻ってきた翌日、アレクシス殿下の執務室でヨハンネスを交えての検証がはじまった。

三人でソファに座り、まずはヒナタが向かいに座るふたりに対して当日に聞きおぼえた会話を明かし、それについてヨハンネスが感想もしくは意見を述べる。特にベルツ侯爵に関することは注意深く聞いていたし、確認するための繰り返しもヒナタにさせた。

「なるほどね」

いったん休憩しようかと、持ってこさせた紅茶碗を取りあげつつ眼鏡の男は言ってくる。

「胡散《うさん》臭さは完璧ですね。まあ、証拠固めはこれからですけど」

「あの。お聞きしてもいいでしょうか」

ためらいつつヒナタは問う。ヨハンネスは鷹揚《おうよう》にうなずいた。

「いいですよ」

「これはそういうことでしょうか」

「そういう、とは？」

学生の不手際を指摘する教師の面持ちで彼は言う。ヒナタは相手の求める部分を口にした。

「その、侯爵家の問題点の」

「問題点とは、またぼやかした言いかたですね」

目は笑わずに、彼はにっこりしてみせる。

「でもまあそうですよ。わたしたちは侯爵家の不正をあばくつもりです。きみが最初に見つけ、殿下が二十五年ぶりにやる気になってくれましたので」

「ヨハンネス」

咎める口調に、彼はちょっと肩をすくめる。

「はい、殿下。申しわけございません。少々口が滑りました。ついわたしらしくもなく、はしゃいだ気分になってしまって」

アレクシス殿下は嫌そうに顔をしかめ、次いでため息を吐き出した。

「言っておくが、これはたまたまの気まぐれだぞ」

「はい。かしこまってございます」

「俺は事を表沙汰にする気はない。要は、国庫に入るぶんを正常に戻し、不正に溜めこんだ財貨をすべて返還させたならそれでいい」

「承知しました」

ヨハンネスはソファの上に座った姿勢で、自分の主に会釈した。

黒曜石色の眸の男は、その横で脚を組み、淡々と言ってのける。

「その過程で頭の挿《す》げ替えが必要ならそのように。そちらは都度の進捗で決定しよう」

「おおせのままに」

うやうやしく応じてから、ヨハンネスがヒナタのほうをちらと見る。その視線に気づいたのか、彼の主は露骨に顔をしかめてみせた。

「なにが言いたい」

「いえべつに。なにも申してはおりませんが」

「言っただろうが。言葉ではなく」

「これはしたり。殿下はいつから他者の心をお読みになることが可能でしたか」

しれっとした顔つきでヨハンネスが答えると、アレクシス殿下は「うう」と唸った。

「とにかくだ。そこのやつにはしっかり警護をつけるように。間違っても俺がやった衣服を破かせる真似はさせるな」

話題が自分に向いたと知って、肝を冷やして頭を下げた。

「申しわけありません。せっかくいただいた衣装をわたしの不手際で破いてしまって」

「あやまるな。おまえのせいではないだろう」

ぴしゃりと決めつけてから、こちらの顔を見て言い直した。

「まあ、なんだ。これからはなにかあったら、真っ先に俺に言え」

「そうそう。あちらの息子にではなく、ですね」

「ヨハンネス」

叱咤《しった》の口調で睨まれて、眼鏡の男は「失礼しました」と悪びれずにあやまった。

「さて。ヒナタ君、そういうことですので事務仕事を頑張りましょう」

「は、はい」

なにかいきなり話題が飛んだ気がするが、わからないままヒナタは素直にうなずいた。

「お役に立てるよう頑張ります」

それでこの場は終わったけれど、仕事が終わり私室に戻れば、気がかりな出来事が頭に浮かぶ。

ベルツ侯爵家の問題は今後どのように波及していくのだろうか。

神殿長の素行を含んだ貴族社会の裏側の難しさ。

アレクシス殿下が頭の挿げ替えと言うのなら、その子息であるフランツにも当然影響が出るわけで、結果的に自分はそのなりゆきに手を貸したのとおなじではないだろうか。

もちろん多くの物事には原因があり、それによる過程や結末が生じるはずで、自分ごときが書類の不備を見つけようが見つけまいが、不正があればいつかは公になることもある。

ただ、ひとときの学生気分に戻れた相手の行く末が気になるのも本当なのだ。

(フランツ様は侯爵家の不正の事情を薄々気づいておられるような感じもした。侯爵夫妻とフランツ様の目指すところは違っている。あのときの会話から想像するしかないのだけれど、ヨハンネス様には明日にでも自分が感じたこの件を相談しよう)

ああ言おうか、こう話そうかと、ヒナタは今日あった出来事を頭の中でさらってみた。

そうしつつも寝るための支度をととのえ、寝台に入ろうとして、自分の気分が驚くほど落ちているのに気がついた。

なんでこんなに気持ちが沈んでいるんだろう。

しばらく考えて（ああそうか）と思い当たる。

神殿長から言われたことを引きずっているためだ。

けれども、とヒナタは思う。神殿長には悪意があったのかもしれないけれど、言われた内容は決して的外れではないだろう。

アレクシス殿下と自分とは天と地ほども身分が違う。そして、そのことはたんなる事実だ。かたや竜の血を引く次の国王。そして自分はぱっとしない子爵家のしかも次男。

あの方は、ただその場にいるだけで人々が尊敬と憧れの目を向ける。それに引き換え、自分は会場をめぐっていても、そこにいるとも思われない。

そもそもくらべるほうが間違っている。園遊会で遠目に見たアレクシス殿下の姿は尊貴な王族そのものだった。

いまはそんなあの方からあやしいやつと思われて、近くに置かれているだけで、そのうち彼が飽きてしまうか疑いが晴れるかすれば、元の部署に戻される。

そうしたら、自分という人間がいたことさえ忘れ去られてしまうのだろう。

ベルツ侯爵家の庭で神殿長がヒナタに言った――ユリアン様ならいざしらず、おまえのような子供など——今日の報告であれについてはふたりには伝えていない。

あのことだけはなぜか言葉にできなくて、言えず仕舞いになったのだ。

ユリアン様。その方は誰なのだろう。アレクシス殿下となにか関係があるのだろうか。

殿下はたまに誰かをお召しになることがある。そんな話は聞いたから、もしかしたらその中のおひとりなのか。神殿長があぁ言うのなら、アレクシス殿下の数多いお相手の中でもそれは素敵な方なのだろう。

自分とはまったく比較にならないくらいに。

(ああ、駄目だ。僕は馬鹿だ。そんな当たり前のことをどうしてぐずぐず考えるんだ)

ヒナタは何度も横に首を振り立てて、きっと眠れないだろう寝台の中に入った。


そののちの十日ほどは執務室と資料室を行き来するだけの毎日が続いていた。ヨハンネスにはフランツの件について、できるかぎりの考えを伝えてみたが「大丈夫。気にしないで」と言われただけだ。

彼からそう聞かされれば、それ以上はなにもできない。

ヒナタはことさらに悩んでいる気はなかったが、仕事をしていないときにはぼんやりと思考をさまよわせることが多く、なんとなく食欲も口数も少なくなっているようだった。

とはいえ毎朝殿下を起こしに行っていたし、そのあと食事をする際にはできるだけきちんと受け答えをし、料理も残さず食べるように努めていた。

けれども、そのほかの場面では食事の量もかなり減っていたらしい。

そんなある日、ヨハンネスから「ヒナタ君。ちょっといいですか」と手招きされた。

連れていかれたのは王宮の庭の一角。木洩れ日が差しこんでくる木製の長椅子にふたりで座り、ややあってから眼鏡の彼がこちらを見ずにつぶやいた。

「もう七年になるのかな」

それきり沈黙が落ちてしまい、しばらくしてからヒナタはおずおずと口をひらいた。

「七年、ですか」

「ええ」

今度は前よりも短い無言があったあと、彼は宙に視線を投げつつ告げてくる。

「わたしが殿下にお仕えするようになってから。十八歳のときからだからそうなります」

「それからずっとアレクシス殿下のお傍に」

「ですね」

彼は当時を思い出しているかのように、遠い目をして口をひらいた。

「殿下は竜の血を引くお方で、そのときすでにいまのお姿をしておられた。その後七年の月日が経って、わたしはそのぶん見た目も変わっていきましたが、あの方はそのままです」

あなたは国王陛下の直系が長命なのを知っていますね、と彼が言う。ヒナタは「はい」とうなずいた。

「三百年にあまる寿命と聞いています」

「そうですね。それにくらべてわたしたちは、おおむね六十年ほど生きられるのが普通です」

あらためて考えると、彼らは並の人間の五倍くらいも生きるのだ。

「ただ長生きなだけではない。わが国はその王族の恩恵を受けています。これもきみは知っていますね」

「はい。竜の祝福を受けている王族がおられるかぎり、国内は天地の災いに晒されることは少なく、作物も豊かに育つと。また、他国の侵攻も当代の国王が張りめぐらせた魔法の力で、すべて撥《は》ね返すことができると。わたしはそれを家庭でも学院でも教わりました」

「そう、代替わりには新しい国王陛下が竜と契約を結び直して、この国を護ります。めったにない儀式なので、いまは典礼の教本に載せられているだけで、実際それを見た者はないのですが」

この国では魔法を使えるものはごく一部、魔道士くらいのものなのだ。しかし、それでも問題がないくらい陛下の力は圧倒的に強かった。

「この国の形態は君主制で、貴族が王政を支えるかたちではありますが、国王陛下とそれにつらなる王族はそれら貴族たちから飛び抜けた存在です。領地や領民を効率的に治めるために爵位を割り振り、特に上位貴族には権勢があたえられておりますが、それでも陛下はお飾りではありません。わがリントヴルム王国は、陛下やアレクシス殿下の許でこそ安寧が得られるのです」

異議を差し挟む余地はなく、ヒナタは深くうなずいた。

「だから、ベルツ侯爵家の問題も殿下にとっては些事でしかないのでしょう。いまのあのお方なら、きっと物事を善きように運んでくれます。それだけの力がおありになられるので、きみの学友の心配はありませんよ。ただ」

「なんでしょう」

「殿下の変化が一時的なものなのか、そうでないのかはわかりません」

ヨハンネスの気がかりの内容を理解しかねて、ヒナタは小首を傾げて訊ねる。

「一時的……ということは、元に戻るかもしれないと？」

そもそもアレクシス殿下の変化がなんなのかヒナタにはわかっていない。

自分が出会ったときから、あの方はああだったし、その前はもっと違っていたのだろうか。

「わたしが知っている七年間と、ここしばらくの殿下」

正面を見つめながらヨハンネスは声をこぼした。

「そこだけ見れば、いまのほうが変則的な状態なのかも知れません。ですが、昔のあの方とくらべたら」

そこまで言って、眼鏡の男は軽く横に首を振った。

「などと言っても推測に過ぎません。わたしにはくらべようもないのです。そのころを知りませんから」

「そのころ……」

現在もっとも近しい相手であるヨハンネスでさえ知り得ない昔の殿下。それはいったいどのようなものなのだろう。

思ったら、ふいに目の前に霞がかかった。

そのころのアレクシス殿下。昔のあの方。

そう……殿下が誰かを呼んでいる。とてもやさしい、慈しむような声音で。

「ヒナタ君」

男の声がヒナタを現実に引き戻す。ハッと顎を上げ、ほぼ反射で横を見る。ヨハンネスはヒナタに視線を据えていて、重々しい口ぶりで告げてくる。

「いまから言うことは他言無用に願います」

「は、はい」

「これは当時を知る者には周知の事実なのですが、口にするにはあまりにもはばかられる内容ですから」

そう前置きして話を続ける。

「いまから二十五年前、アレクシス殿下には愛する方がおられました」

その刹那、ヒナタの胸に鋭い痛みが走り抜けた。

とっさに胸の上を押さえてうつむいたヒナタの耳に、さらなる痛みが襲いかかる。

「その方も殿下を愛しておられ、おふたりは伴侶となる約束をされていました。しかし伴侶の儀を前に、そのお方は亡くなったのです。それも、突然の出来事だったと」

その意味を飲みこんでから、ヒナタは青褪《ざ》めた顔を上げる。

「それは、つまり」

言いかけて、喉が詰まった。

王太子殿下の伴侶候補が急死した。それが示唆するものはあまりにも大きかった。

「竜の血を引く王族は、怪我にも病気にも強く、普通の人よりも長生きです。そして、ご伴侶様が竜の祝福を受けられたなら、その方もまたおなじように頑健な身体となり、寿命を伸ばすことができます」

けれどもアレクシス殿下の伴侶候補はその儀式を受ける前に亡くなった。

逆に言えば、儀式の前だからこそそのひとを亡き者にすることができたのだ。

「だけど、そんな真似をしてなんの得があるのですか」

震える声でヒナタは聞いた。

国の繁栄を願うなら、殿下に伴侶がおられるのは喜ばしいことではないのか。

「直系の王族は愛するひとを大切にする性質があるんです。大切、と言いますか、執着と言ったほうが近いですかね」

だから、自分の愛するひとを失えば、生きる意欲もまた減退してしまうのだと。

ヒナタはヨハンネスの言葉の意味を理解した。

「つまりアレクシス殿下を無気力にしておきたい人間がいた？」

「くだらない連中が私利私欲に駆られたあげくの蛮行です。国益というものをまったく考慮していない」

「そんな」

ヒナタはこぶしを握りこんだ。

そんな勝手な欲のためにアレクシス殿下は自身の愛するひとを喪《うしな》い、二十五年ものあいだ生きる意欲も無くしていたのか。

「ひどい。あの方をそんな目に遭わせるなんて」

めったに感じない、これは激しい怒りだった。

普通の人間と生きる速度が違うから、孤独におちいらざるを得ない。誰も自分とはおなじ道を歩いてくれない。だけど、それでも国とその民を護って生きる。

そうした殿下の生きざまはなんて厳しいものなのだろう。

なのに、彼を慰めるたったひとつの温《ぬく》もりを利己的な欲望で無惨に散らしてしまうなんて。

「きみは怒ってくれるんですね」

ヒナタは唇を噛み締めてうなずいた。

「ありがとう」

しみじみとした口調に、まばたきしてそちらを見た。

「そういう人間は貴重なんです。憧れたり、怖がったり、一方的に尊貴なお方と祀りあげたりする人々は多いのですが」

だから、うれしいですよと彼は言う。

「これからも殿下のお傍にいてくださいね。殿下もあなたには気を許しているようですし、とても大切に思っているみたいです」

思わぬことを聞かされて、ヒナタは目を見ひらいた。

「え。まさか」

自分はしばしば彼の機嫌を悪くさせてしまったし、いまでも目一杯あやしいやつ認定なのだが。

「じつはそうなんです」

眼鏡の男が苦笑交じりに言ってくる。

「結構ぞんざいな扱いですが、あれでも充分あなたを心配しています」

それでですね、と彼が続ける。

「話は変わりますが、明日は大市がある日でしょう」

急な話題の転換に戸惑いながらうなずいた。

「あなたをそれに誘いたいと」

「ヨハンネス様と僕とで出かける？」

それはいいのだが、アレクシス殿下はどう思うだろうか。勝手に離れるなと言われているから、その命に反すれば自分はともかくこのひとまでも叱られる。

困っていたら、眼鏡の男はふっと笑みを洩らしてから告げてくる。

「違います。殿下とですよ」

おぼえず「えっ」と声が出た。

大市とは王都の市場街で半年に一度おこなわれる大掛かりな商いの日だ。

その日はたくさんの露店が出るし、地方から大道芸人や行商人が集まってきて、まるで祭りのように賑わうのが通例だった。

「あなたもずっとはたらき詰めでいましたからね。気分転換にぜひどうぞ」

「え。でも」

王宮を出てアレクシス殿下と大市に？

だけど、園遊会で耳にした話では、殿下は王宮の外にはめったに出ないと聞いたけれど。

「殿下があなたと街に出ると言ったんです。ご存知のとおり、あの方はいったん言い出したらそのとおりにされますからね」

それは……そうだが。

まだ驚きを引きずりながら納得したが、本当に自分がお供でいいのだろうか。

「いいんですよ」

まるで心を読んだように彼が言う。

「明日は思いきり殿下と楽しんできてください」

思いがけないなりゆきになってしまった。

アレクシス殿下が大市に行きたいと言う。しかも、自分を一緒に連れていきたいと。

信じられないと最初は驚き、しかしその気持ちが収まれば、今度はなんだかむずむずするような感覚が生まれてくる。

あの方と街に出かける。ともに連れ立って賑わう市場街に行けるのだ。

思いきり楽しんでいいのだとも。

だったら、自分はアレクシス殿下と並んで歩いたり、いろんな露店を覗いたりしてもいいのか。

そんなことができるなんて、夢にも思っていなかった。

どうしよう。うれしすぎる。

でも、本当に？　やっぱりやめたと中止になったらどうしよう。

ヒナタは期待と不安な気持ちとを半々に、明日を待った。

そして、その当日。ヒナタが自室で用意された服に着替え、アレクシス殿下のお呼びを待っていると、ノックはなしに部屋の扉がひらかれた。

「支度はできたか」

言いつつ戸口をくぐり、大股で距離を詰めると、アレクシス殿下はしげしげとこちらを眺める。

「平民の服もなかなか似合うじゃないか」

ヒナタは今日の外出のため、裕福な商家の息子を想定した服を着ている。

髪や肌の普段の手入れがさすがに庶民とは違うので、無難なあたりでこうなったのだ。

「ありがとうございます」

礼を言って、ヒナタは目の前の男を見返す。

「アレクシス殿下もよくお似合いです」

頭巾のついた革の胴着に、暗色のズボンを身に着け、その上から膝頭を覆う丈の長靴を履いている。

腰には装飾ではない実用の剣を提げ、手には指なしの革の手袋を嵌《は》めていた。

「これは、もしかして傭兵《ようへい》の？」

「ああ」

この国で剣を使うのは騎士階級ばかりではない、一部の平民たちも帯剣している。傭兵はおもに腕の立つ平民たちで、地域の争いや、獣退治、護衛稼業を請け負っていた。

「今日の俺はおまえの護衛だ」

言われて、ヒナタはあまりのことに仰天してのけぞった。

「えっ、そんな」

「なかなかいい配役だろう。そのために髪も、眸も、ほら」

すでに気づいていたけれど、あらためて見てみれば、彼は生来のものである漆黒の色味を焦げ茶のそれに変えている。

少し髪がぱさついているようなのは平民風を意識してのことだろうか。

「これは魔法なのですか」

「ああ。このくらいは簡単だ」

ということは、魔道士に頼まずにこの方が自分で身を変えたのだ。

力があるとは聞いていたが、これまで魔法など見せることはなかったのに。

そんな考えが顔に出ていたのだろうか「おまえは世間知らずだな」と苦笑される。

「これ以上まわりの連中を萎縮させてどうするんだ」

「あ……」

そうだった。ただでさえ近寄りがたい孤高の存在と見なされていて、そのうえ魔法を自在に操るところを見せたら畏怖の対象になることは間違いない。

「申しわけございません」

自分は考えなしだった。しおたれてあやまると、彼はヒナタの頭の上に手を載せた。

「気にするな。他のやつらはともかく、おまえは怖がらないだろう」

「はい。もちろんです」

この方のご機嫌が悪いときには縮こまってしまうけれど、魔法がどうとかで必要以上に萎縮したり、敬遠したりする気はない。

「ならいい。今日は存分に楽しむぞ」

彼はポンポンと頭を叩くと、にやりと笑ってこちらを見下ろす。

「出店をひやかして、昼は外で食事する。大道芸を見たあとで、ヨハンネスに土産を買おう。あいつは留守番で不服そうにしていたからな」

そう言い置くと、さっさと踵を返してしまう。

「ほら行くぞ。もたもたしていると置いていく」

「あっ、お待ちください」

ヒナタは男の広い背中を追いかける。

その足取りが弾んでいるのは自分でもわかっていて、振り向いた殿下から「なんだ。まるで祭りに行く子供だな」とからかわれてしまったけれど、このときばかりは浮かれる気持ちを抑えることができなかった。

じつのところ、ヒナタが大市に出かけるのは初めての経験だ。以前おなじ学院だったフランツの言いようではないけれど、学生時代もそれ以前も『本に頭を突っこんで』いたために、こうした遊びはいっさいしていなかった。

王宮事務官になってからは、仕事に慣れるのに精一杯で、事務局と宿舎の部屋を行ったり来たりの毎日を過ごしていたのだ。

「すごい人ですね」

だから街中に出された露店をめぐっていくのもめずらしいし、ましてこんな人混みに揉まれながらはおぼえがない。

「おい。おのぼりさんよろしくきょろきょろしていると、人波に流されるぞ」

言われた傍から、ヒナタはアレクシス殿下から離れていく。

自分ではそのつもりはないのだが、正面から来るひとを避けていたらどんどん違う方向に行ってしまった。

「は、はわわ」

前に歩こうと思うのに、なんだかななめ後ろのほうに進んでいく。あせっていたら、アレクシス殿下がヒナタのところまで戻ってきて、つくづく呆れたという顔をする。

「まったく、おまえは」

世話が焼けるとこぼしながら、ヒナタの手首を掴んで引いた。

「さっそく迷子になりかけただろう」

「申しわけありません」

首をすくめてあやまると、掴まれていた手首を離され、あらためて互いの手を握り合う形にされる。

「こうしていれば、はぐれない」

「え。でも」

「いいから」

本当にいいのだろうか。アレクシス殿下に手を引いてもらうのは、恐れ多い気がするのだが。

「気にするな。この人波だ。べつに誰も見ていない」

きっぱり言われ、そうかなとうなずいた。

「はい。ありがとうございます」

「よし。今度はしっかりついてこいよ」

ヒナタはふたたび「はい」と応じ、手繋ぎの格好で大市をめぐっていく。

最初はやっぱり無礼な真似じゃないだろうかと不安だったし、繋いだ手の感触に落ち着かない気持ちもしたが、途中からはそれもいくらか慣れてきて、道の両脇に立ち並ぶ露店がようやく目に入る。

「あれはなんでしょう」

「豚のモモ肉だ。長期間、塩漬けにして熟成させる。それをああやって薄く切って食べさせるんだ」

「では、あれは？」

「果実酒売りだ。あの横には酒精《アルコール》のない果実水もあるようだな」

「じゃあ、あちらのは」

「籠売りだ。蔦《つた》や乾かした植物の茎を編んで作るんだ。濡れても腐らないように塗料を付けているのもあるな」

なにもかもがすごく見える。

感心のため息が思ったよりも大きかったか、隣の男が苦笑した。

「おまえは特別な試験を受かった優秀な事務官だろうが。市井の暮らしは教えてもらわなかったのか」

「本では知っていたんですが、実地に見るのは初めてなので」

「なるほどな。それなら、見るもの聞くものが新鮮だろう」

「はい。アレクシス殿下のおっしゃるとおりです」

言ってから、ヒナタは「あ」と口を押さえる。

「失礼しました」

いくら身を変えているとはいえ、街中で殿下呼びはまずかった。

「このうっかり者め、アレクと呼べと言っただろうが」

案の定、傍らから咎める言葉がやってくる。

「ですが」

「だが、なんだ」

「そんな呼びかたは無礼すぎて」

「いいから」

でも本当に？　迷っていたら、駄目押しが来る。

「商家のお坊っちゃんは、自分の護衛をデンカなんて言わないぞ」

「はい」

「じゃあ言え」

「アレク、様……？」

「よしよし」

おずおずと口にすると、彼は機嫌よくうなずいた。

「それじゃあいまから食事に行こう。おまえみたいな箱入り坊っちゃんは、食事処の場所なんか知らないだろう。護衛の俺がうまい店に連れていってやるからな」

どうやらこの方は坊っちゃんと護衛ごっこがすっかり気に入ったみたいだった。

握った手を引っ張られて彼に連れていかれたその店は、当然貴族が入るようなところではなかったけれど、気取らずにくつろげて、料理のほうも味がよく量もたっぷり盛られていた。

「ごちそうさま。とっても美味しかったです」

「坊っちゃんはお気に召したか」

「はい。お肉が分厚くて、ソースが美味しくて、付け合わせの野菜もシャキシャキして新鮮でした」

殿下は料理に合わせて麦酒を飲んでいたけれど、ヒナタには果実水を運ばせて、それがまたすっきりとして飲みやすかった。

「それじゃあ食後は冷えた菓子を売っている店に行こう。すごく甘いらしいから、きっとおまえも気に入るぞ」

「ありがとうございます。でん、じゃなくてアレク様」

「なんだ」

「こんな経験は初めてです。見るもの聞くものが新鮮ですし、なによりとても楽しくて」

にこにこしながら彼に言う。すると、護衛姿をしている男は飲み干した麦酒を前に目を細めた。

「それはよかった。あとでおまえが驚く場所にも連れていってやるからな」

「はい。どこに行くのか楽しみです」

「だが、その前に菓子を食うぞ。それからもう少し出店を回ろう」

彼が言うので、次の店では砂糖入りの牛乳を冷やし固めた菓子を食べた。

木の匙ですくって食べるその菓子は店先での立ち食いでちょっとためらいがあったけれど、この方もおなじものを口に運んでいるわけで、行儀についてはいったん横に置いておいた。

「ごちそうさま。こちらもとっても」

美味しかったと言おうとする前、彼の手が伸びてきた。

「ついてるぞ」

菓子が唇の端に残っていたのだろう、それをアレクシス殿下が指先で拭い取る。そのあとなにを思ったか、それをぺろりと舐め取った。

「……っ!?」

その瞬間、ヒナタの身体が固まった。それから、じわじわと頬が熱くなるのがわかる。舐めた。舐められた。自分の頬についていた菓子なのに。

真っ赤になって視線をさまよわせるヒナタを見て、彼が「馬鹿」とぼそりと洩らす。

「そう照れるな。俺まで据わりが悪くなる」

照れてはいない。いないと思うが……どうだろう。

「おい、あっち」

惑っていたら、少し強めに腕を引かれる。

「大道芸を見に行くぞ」

「は、はい」

またもふたりで手を繋ぎ、行った先の広場にいた若い男が芸をするのを並んで眺める。

大道芸人はいくつもの木の棒をくるくると回して投げ、それを受けてはまた投げるを繰り返した。それればかりか、大道芸人が飼っている犬までもが鼻先に棒を立たせ、しかもじょうずに後ろ足で立ってみせる。

それを見た見物人たちが、ひとりと一匹を口々にはやし立て、ヒナタも「すごい」を連発した。

「面白かったです。それにあの犬、可愛いうえに、あんなにも賢くて」

広場を離れたあとも興奮が残っていて、早口でアレクシス殿下に告げる。すると、彼はちょっと眉を上げてから、

「そんなに目を輝かせるほど面白かったか」

「はい。ずっと見ていたいくらい、ほんとに素敵な芸でした」

「それほどか」

言うなり、彼は顎に手をやり、なにか考える様子になった。

「アレク様……？」

自分はなにか不愉快にさせることをしたのだろうか。

不安になって彼に問えば、ややあってから「よし」とおもむろにうなずいた。

「そうだ。あれをやってみせるぞ」

いきなりぐいと腕を引かれ、連れていかれたその店は、弓が置かれた台とその先に的がぶら下がる場所だった。

「ここは？」

「射的の店だ」

この弓であの的に矢を射ると説明される。

「おい店主。弓を貸せ」

アレクシス殿下がその男に金を払い、台の弓を借り受ける。弓は子供が使うものか、普通のそれよりちいさかった。

「三回射て、三回とも真ん中に当てれば景品が出ますから」

「わかった」

殿下はそううなずくものの、子供の弓ではやはり威力が足りないのか、前に試した人達が落としただろう矢の数々が的の下に落ちている。

「見ていろよ」

言って、殿下が矢をつがえる。そうしてキリキリと引き絞られた弓は、弦音を鳴らしながら矢を放ち……見事的の真ん中に突き立った。

「当たった」

「まだだ。あと二回」

殿下の妙技は続き、放たれた三本の矢はそれぞれが接する近さで的を射た。

「お見事」

店主まで感心した声を出す。ヒナタは思わず拍手した。

「どうだ。さっきの大道芸人よりすごいだろう」

殿下は謎の対抗心を燃やしていたのか、自慢げに胸を張る。ヒナタは素直に「すごいです」を繰り返した。

「よしよし。それならおまえにやるから景品を選べ」

殿下が弓を台に置き、あっちへ行けとうながした。

言われるままにヒナタが店の奥に行くと、店主が内側に布を貼った木の盆を出してくる。

「好きなのを取ってください」

盆の上にあったのは色石を嵌めこんだ首飾り。鎖は錫で鍍金《メッキ》をほどこしたものらしく、そこに通された飾りの部分にはいずれも楕円形の石が付けられている。

ヒナタはそれらをざっと見て、その中のひとつを選んだ。

「これがいいです」

背後に来ていた護衛姿の男に向かってそう言うと、相手はちょっと眉根を寄せた。

「そいつは黒曜石じゃない。ただの黒い石だろう」

それよりもそっちの赤いの、と指差した。

「くすみはあるが、あれならいちおう値がつくやつだぞ」

宝石を見慣れているからさすがに目利きのあるところを見せたけれど、ヒナタは首を横に振ってあやまった。

「申しわけありません。でもこれがいいんです」

アレクシス殿下の眸の色をしたこれが欲しい。

お願いします、と眼差しで訴えたら、彼は革の胴着に包まれた広い肩をすくめてみせる。

「まあいいさ。気に入ったのなら好きにしろ」

言って、彼はその首飾りを台から取った。

「ほら」

手のひらにしゃらんと音を立てて首飾りが落ちてくる。ヒナタはそれを両手の中に閉じこめた。

「ありがとうございます」

うれしい。この方から初めてもらった贈り物だ。

「大事にしますね」

弾む気持ちで彼を見上げて、心からの笑みを浮かべる。すると、彼は息を呑んで動きを止め、そのあとでぎこちなく視線をそらした。

「アレク、様？」

彼の仕草の意味がわからず、戸惑って声をかけると、相手はこちらを見ないままに踵を返した。

「ほら行くぞ。もたもたしていると置いていく」

「あっ、お待ちください」

店を出ようとする男を追いかける前に、もう一度首飾りを見て、それから自分の服の隠しに丁寧にそれをしまった。

「アレク様、いま行きます」

楽しかった大市の日も、しだいに暮れてきたようで、斜めになった陽の光は昼間の熱を下げていた。

ヒナタとアレクシス殿下とが次にふたりで行こうとしたのは、市場街からは少々離れている場所だった。彼の説明によれば、貸し馬屋で二頭の馬を選び、それに乗ってしばらく行かねばならないとのことである。

貴族の子弟のたしなみとしてヒナタも乗馬はできるのだが、じょうずとは到底言えず、また借りた馬も小型のものでとことこ走るのがせいぜいだった。

それでも馬を走らせて賑やかな街を抜け、埃っぽい道をどんどん先へ進んでいくと、やがてふたりの乗る馬は上り坂のすぐ下まで来た。

「ここを上がれば見えてくる」

ヒナタはアレクシス殿下に続いて傾斜のある道を上っていき、やがて坂のてっぺんにたどり着いた。

「……わあ」

思わず声が出るほどにその光景は素晴らしかった。

坂の向こうはひらけた平地でゆるやかな下り斜面になっている。その平地いっぱいに黄色い花弁をつけた花々が咲いていていたのだ。

花は細めの花びらをたくさんつけ、茎の先で風にちいさく揺れている。

そして、その野原一帯に夕焼けの光が注がれ、朱金に輝く海原がそこに生じたようだった。

自然が織りなすひとときの美しさ。絢爛《けんらん》な夢のような景色に、ヒナタの胸に感嘆の想いが満ちる。

「どうだ。綺麗だろう」

その言葉で我に返る。ヒナタは声もなくうなずいた。

「馬を下りるぞ」

彼にうながされ乗ってきた馬たちは近くの立木に手綱を結ぶ。

それからヒナタは手を繋いだ彼とともに花の咲く野に踏み入っていく。

少し歩いて立ち止まり、しばし無言で景色を眺めた。

「……おまえとこれを見たかった」

ややあって、アレクシス殿下がつぶやく。

「見せていただいて、うれしいです」

世界は美しく、互いを繋ぐ手は力強さと温かさに満たされていた。

これ以上なにもいらない。この方とずっとこのままこうしていたい。

こういう気持ちをいったいなんと名づければいいのだろう。

沈黙はしばらく続き、大地に接した太陽が少しずつ、けれども確実に姿を隠そうとしていたときだ。

「どうしてだろう」

アレクシス殿下がぼそりと声を落とす。

「なんだか妙な気がするな」

彼のそれは、まるで深いところに沈み、そこからふと湧きこぼれてきたような口ぶりだった。

その調子に気を取られ、ヒナタはほとんど無意識に問いかける。

「ユリアン様と見ていたのと違いますか」

刹那に、周囲の空気が変わった。

(え。なに)

異変を感じ取り、横の男を見上げたとたん、背筋が寒気に襲われる。

アレク様と言おうとしたが、声が出ない。

それくらい彼が発する圧は強い。

凍りつくヒナタの耳に、押し殺した不穏な響きが聞こえてくる。

「その名前を、どこで聞いた」

「そ……それは」

「答えろ」

抗うことを許さない圧倒的な男の意志を感じ取り、わななく唇を動かした。

「し、神殿長様が」

「やつがなんと言ったんだ」

「園遊会で。ユリアン様ならいざしらず、おまえのような子供など、と」

頭の中がぼうっとなって、もうなにも考えられない。

唇を薄くひらき、目だけを大きくひらいていたら、アレクシス殿下から感じる圧がふっと消える。

「先に帰る。おまえは後から戻ってこい」

言葉も出ず、ただ棒立ちになっているうち、彼は馬を繋いでいた立木のところまで足を運ぶ。そうして、その場で軽く手を振り、なにごとかを発したようだ。と、その直後、前触れもなく平民服姿の男たちが現れる。

アレクシス殿下は呼び出した彼らになにかを命じると、自身は貸馬にまたがって、夕闇の迫る道を駆け下っていってしまった。

「エーレルト様。王宮まではわたしどもがお送りします」

平民服姿の男たちはどうやら王宮からついてきた護衛役であったらしい。

自身にではなく、ヒナタのために護衛を残してくれたのだ。

それがわかって、けれどもかえってその気遣いがいまはつらい。

(自分は馬鹿だ)

悔やんでもいまさら遅い。一度発した言葉は、もう絶対に取り戻せない。

暮れていく景色の中、咲き群れる花々はしだいにその姿さえ朧《おぼろ》に変わる。

すでに朱金の美しさは影もなく、ヒナタは苦すぎる想いとともに花の野原にたたずんでいた。

そののち、アレクシス殿下の護衛たちと王宮に帰り着き、ヒナタはいま自室にいる。

ヨハンネスに今日の報告をしようとしたが――今夜はもう遅いですから、明日でいいです――とやさしい顔で、しかしきっぱり断られた。

その後は夕餉の時間になったが、食事が喉を通らずにほとんどを残してしまった。

食事が終わればすることもない。ヒナタは早々に自室に引き揚げ、寝台の端に座ってただ窓を眺めている。

心に浮かぶのは、自分を責める言葉ばかりだ。

どうしてあのときあんなことを言ったのか。

よりにもよって、あの方の名前を口にするなんて。

いまのヒナタにはわかっている。

おそらく殿下はあの場所にユリアンと行ったのだろう。

昨日、庭の片隅でヨハンネスが言っていた――アレクシス殿下には愛する方がおられました――は、ユリアンのことなのだ。

そこまで考えて、ヒナタは深いため息を吐き出した。

大市の楽しさをふたりで味わい、その締めくくりに花の咲く野原を眺めた。

アレクシス殿下があれを見せようと考えてくれて、自分もそのことがうれしかった。あのときふたりはおなじものを分け合っていて、互いに心がひらかれていた。それなのに、よりにもよってその時間に彼に不意打ちを食らわせた。しかも、あのひとのもっともやわらかく脆《もろ》い部分に。

そう思うと居ても立ってもいられなくなり、ヒナタはおぼえず腰を浮かせた。

(あやまらなくちゃ)

だけど、いいのか。あの方は自分なんかに会いたくないかもしれないのに。

そう……あのときのアレクシス殿下は決して怒っていたのじゃなかった。

あれはいまだに癒えない傷口に触れられて、痛みが走った顔だった。彼の反応の激しさは、いまでも傷を受けた箇所から血が流れているからだ。

それほどに愛するひとを喪った嘆きは深い。自分はそこに配慮もなく触れたのだ。

(もう……取り返しがつかない)

ヒナタは自分の両手の中にうつむいた顔を落とした。

あの方にはもう会えない。自分には会う資格がない。

ごめんなさい。ごめんなさい。それを幾度となく心の中で繰り返したときだった。

「……え?」

なにかが聞こえたような気がする。

気のせいかと思ったけれど、やっぱりどこかで声がする。

「誰？」

わからない。だけど、聞こえる。こっちに来てと言っている。

ヒナタはふらふらと歩きはじめ、その声に導かれるままどことも知らずに足を運んだ。


夜の王宮内をまるで雲を踏むような心地でさまよい、なぜか誰にも咎められることのないまま、いつしかヒナタはかつて来たことのある庭にたどり着いていた。

短くやわらかな下草を足の下に感じながら、夜の空気を肺に吸いこむ。

大気には緑の気配が濃く交じり、ひっそりとしているのに決して暗く閉じられた雰囲気ではない。

(ああ、ここだ)

自分が求めていたものはここにある。

無性にそんな気持ちがして、さらに足を進めれば、その先の東屋に誰かが座っているのが見えた。

夜目に映るしっかりとした輪郭は、堂々とした体格の大人の男とヒナタに教える。

あそこにいるのは、きっと……。

想像したら、歩む足がぴたりと止まる。行くも戻るもできずにその場で棒立ちになっていると、

「そこにいるのはおまえだろう」

東屋から指摘されて、ヒナタはこくんと唾を飲んだ。

「こっちに来い」

これでもう隠れているのは不可能だ。ヒナタは彼に言われるままに近づいていったものの、迷いがふたたび進む足を止めさせる。

東屋の手前に来てためらえば、うながす声が飛んできた。

「いいからここに」

ヒナタはおずおずと数段ある石段を上っていき、彼の前で立ちすくんだ。

「座れ」

これもまた抗えない命令だ。ヒナタは言われたとおりに半円形の長椅子の端に座った。

なにを言われるのか。あるいはなにも言われないのか。

自分から話すべきか、黙るべきか。

結局どちらも選べなくてヒナタはじっとしているしかない。すると、彼のいるところからため息が聞こえてくる。

「どうやってここに来たとは聞くだけきっと無駄なんだろう。おまえは絶対わからないと言う

からな」

そのとおりだったので、ヒナタはかすかにうなずいた。

「いちおうおまえに言っておくが、俺はあれから結界をより強固に張り直した。たぶん一流の魔道士でも破れない」

それを、と彼は一回両肩を寄せて言う。

「易々《やすやす》通り抜け、しかもどうしてかわかっていない。いままでにそんなことができたのは」

そこで言葉を途切れさせた。

言わないで済ませた答をヒナタはもう知っている。

(ユリアン様だ。あの方はそうできた)

「この際だから言っておく」

彼が感情の読めない顔で告げてくる。

「おまえはあれと少しも似たところがない。おまえはこまめに動き回るし、意味もなくおどおどするし、なにかあればべそべそ泣く」

これは否定できないので、椅子の上でちいさくうなずく。

「よくはたらくし、変に勘は鋭いし、そのくせぼんやりしまくっている」

特に違うと言えるほどの材料もなく、ヒナタは次の言葉を待った。

「引っこみがちで欲はないし、他人のことばかり心配するし」

それは、どうだろう。反論していいかわからないが、ためらいながら切り出した。

「その……わたしにも、欲はあります」

「そいつはなんだ」

この方にあやまりたい。そうしてできれば赦されたい。

けれどもそれは言えないで、唇を引き結んでうつむいた。

「なにが欲しいか知らないが、そうしてもごもごしていたって望みなんか叶わないぞ。遠慮せずに言ってみろ」

ごめんなさいといまここで言ってしまってもいいのだろうか。

言いたい気持ちと迷う心は半分で、ヒナタは勇気が欲しいと思った。

「あの」

ほぼ無意識に服の隠しに手をやると、指に鎖の感触がする。それを摑んで引き出して、すがるように黒い石を目に入れた。

「そいつはあのときの景品か」

ヒナタはこっくりうなずいた。

「だから、おまえは欲がないと言うんだぞ。値打ちものでもないそんなのを欲しがって」

いったいどこが気に入ったんだと彼が聞く。少し迷って、本当のことを言った。

「黒い石がついているので」

あなたの眸とおなじ色の。思えば自然と彼の顔に目が向いた。

そう、これだ。ただの石ころと、漆黒に輝く眸。黒色というくらいしか共通点はないけれど、わずかでも似たものを持ちたかった。

「まさか……おまえ」

半分以上疑う調子で彼が問う。

「俺の色だから欲しがったのか」

ごまかせなくて、ヒナタは首飾りを握りながら首を縦に振ってみせた。

すると、彼はいきなり横を向いてしまう。

(ああ……嫌がられた)

だけど、それも当然だろう。

ユリアン様のことに触れ、勝手にこの庭に入りこんで。こちらへの不快感はすでに充分すぎるほどだ。

肩をすぼめて下を向き、消え去りたい気分のままにいくらか時が経ってのち。

「……すまなかった」

予想もしない言葉が彼からやってくる。ヒナタはハッと顎を上げた。

「あのときは悪かったな。置き去りにして」

もはや我慢ができなかった。ヒナタは立ちあがり、彼の前に座りこんで頭を垂れる。

「ごめんなさい。ごめんなさい。ごめんなさいっ」

それしか言えない。這いつくばってあやまろうかと思ったら、

「もういい」

彼が前のめりに手を伸ばし、ヒナタの二の腕を掴んで引っ張る。

「だから、ほら。ここに座れ」

されるままに彼の隣に腰を下ろすと、彼がちょっと両眉を上げてみせる。

「なんだ。べそを掻いているのか」

アレクシス殿下はふたたび腕を伸ばし、ヒナタの背中に手を当てて、自分のほうに引き寄せた。

「よしよし、泣くな」

まるで赤ん坊にでもするように、抱きかかえたヒナタの背を軽く叩く。

「俺はもう怒ってない。怒っていたのは自分にだ」

それはどういうことだろうか。

けれども直接問いただすわけにもいかず沈黙を守っていたら、少しだけ身を離して、彼がぼそりとつぶやいた。

「おまえとの時間があまりにも楽しすぎた」

その意味を摑みかねて、遠慮がちに問いを発する。

「それは、あの……？」

「俺は二十五年間、心に虚をかかえたまま生きてきた。喉の渇きで死にそうになっているのに、水は一滴もあたえられない。なのに、王太子として平静を装っていなければならないんだ。他人はみんな薄い影法師のように見え……だけど、おまえだけは違っていた」

若草色のヒナタの眸を見つめながら彼は続ける。

「おまえのまわりだけ世界に色が着いて見える。おまえの声も、表情も、俺の心にすんなりと入りこむ」

この庭におまえが平気で入ってくるのとおなじように。

そう言って、端正な面の上に苦笑を浮かべる。

「その極めつきは今日のことだ。おまえと大市で遊ぶのは楽しかった。夕暮れの景色を一緒に眺めたのも」

それからひと呼吸置いてのち、低い声で彼がつぶやく。

「おまえがあそこで言ったとおり、あの景色はユリアンと見た。一度だけだが大切な想い出だ。それなのに」

殿下は眉根をきつく寄せた。それを見るとヒナタの胸も痛くて苦しくてたまらなくなる。

「夕陽の野原を見せてやろうと思い、おまえとあの光景を眺めていたとき、俺はユリアンを忘れていた。おまえがあれの名前を出すまで、俺の心からすっぽりと消え失せていた。だから、俺は」

そこで言葉が途切れてしまう。ヒナタは思わず自分のほうから男の身体に抱きついた。

「ヒナタ？」

「ユリアン様は消えていません」

なぜだかはっきりと言いきれる。理屈ではなく、そのことは信じられた。

「あなたのお傍にちゃんといます」

まるで誰かが自分の口を借りてしゃべってでもいるかのようだ。

だけど、どうしても伝えたい。あの方は消えていない。愛するひとの傍にいる。

「いまはただ、目に見えないだけなんです」

きっぱりと断言する。それからさらに力を込めて、彼を強く抱き締めた。

「……ただ目に見えないだけ、か」

しばらくしてから、彼がちいさく声を落とした。

「おまえが言うと、なんだかずいぶん本当らしく聞こえるな」

そのあと殿下は抱きつく身体をいったんは引き剥がした。と、それから即座に膝裏へと手を伸ばして掬《すく》いあげ、ぐるっと姿勢を変えさせる。

「え……っ」

そうしてヒナタを横抱きに自分の膝上に座らせた。

貴人を尻の下に敷き、ヒナタは仰天してのけぞった。

「お待ちください。これはちょっと」

「いいじゃないか」と彼は抗議をあっさりと流してしまう。

「消えていない。見えないだけ。おまえの能天気な言いようを聞いていたら、悩む気が失せてきた」

言葉どおり、殿下はふっきれた顔をしている。

「ですが、この格好はよくないと」

「嫌なのか」

「いえべつに、そういうわけでは」

「だったらいいな」

殿下は納得したふうだ。これ以上は逆らえなくて、殿下の太腿に座りこんでおとなしくしていたが、やっぱりこの体勢は落ち着かない。

自分の尻のあたりにある硬い筋肉の感触だとか、密着しているからわかるのだが、とてもいい匂いがするとか、さらさらの黒髪を自分の頬に感じるだとか。

とにかくいろいろ気になってしかたがないのだ。

ヒナタが気もそぞろになっていたら、ふいに彼が「そういえば」とつぶやいた。

「はい？」

「あのときのことなんだが、思い直せばちょっとはおまえにも怒っていた」

「えっ」

ヒナタはぎょっとして目を瞠る。

やはり、お怒りはあったのか。

理由をお聞きして、いかようにもと覚悟したら、彼は意外な事を言う。

「おまえからあれの名を聞いたとき、誰が教えたととっさに思った。俺がすぐさま出した答はベルッの息子だ」

「フランツ様から？」

ヒナタはいぶかしく眉を寄せた。

「あのかたは、べつになにも」

ただたんにふたりはおなじ学院を出身校に持つだけだ。

「だけど、あいつはおまえのことをやけに心配していたぞ」

なんとなく嫌そうな口調に聞こえてしまうのは自分の気のせいなのだろうか。

「あれからベルッの身辺を調べる際に、息子のほうと話をする機会があった。聞いているのはこちらなのに、あいつは返事の端々におまえの話を挟んでくるんだ」

それがすごく不愉快だったと彼は言う。

ヒナタは抱かれた姿勢のまま「申しわけありません」と詫びの言葉を口にした。と、即座に叱りつけられる。

「おまえがあやまるな。あいつのことだ。関係ない」

それは……そうかもしれないと、中途半端に納得した。

フンと鼻を鳴らしてから、アレクシス殿下が嫌そうに言ってくる。

「まあ、あいつは父親よりは多少はましな性根のようだ。ヨハンネスに連絡するよう都合をつけておいたから、この先はあいつが自分で決めるだろう」

それならばフランツの将来は大丈夫、とまではいかなくても、希望が持てる状況だろうか。

「ありがとうございます」

「礼を言うな。あいつの代理でおまえがなにかしなくてもいいからな」

「はい」

「ならよし」

なんだかよくわからない。けれども間を置いて彼が背中をやさしく叩いてくれるのは気持ちがいい。

緊張がゆっくり解けてきたからだろうか、こうした格好はよくないと思うのに、この腕から離れたくない。

なんだろう。ここがいい。安心する。求め続けてきたものにようやく手が届いた気分だ。

安らかな心地のせいで、普通に考えればとんでもない真似だろうが、ヒナタはうとうとしはじめていた。

「……アレクシス殿下」

「うん？」

「フランツ様と話をしたとき僕は言っていたらしいんです」

襲ってくる眠気のせいで、わたしが僕になっていたが、ヒナタは気づいていなかった。

「学院のころ。僕は探しているものがあるんだって」

「探しもの？」

「はい」

「そいつはなんだ」

「それは……」

このあと言葉が途切れてしまう。

不敬の極みにもヒナタは王太子殿下にもたれかかる姿勢のまま、すやすや眠ってしまったから。


窓の向こうで鳥の鳴く声が聞こえる。

もう朝が来たようだ。急いで支度して、アレクシス殿下の寝所に向かわなければ。

ヒナタは起きあがろうとして、自分の異変に気がついた。

おかしい。身体が起こせない。いったいどうしてと寝返りを打とうとし、出かけた悲鳴を飲みこんだ。

(なっ、なんで)

自分は殿下に寄り添って寝転んでいる!?

頭が真っ白になりながら見回せば、さらに最悪な事態とわかる。

ここはなんと王太子殿下の寝所で、しかもこの方の寝台の上なのだ。

「あわわわ」

とにかくいますぐなんとかせねば。

胴体に巻きついている男の腕を持ちあげたら、相手がそうはさせまいとさらに自分に引き寄せる。その段で、彼が起きているとわかり、あわてまくった叫びが出る。

「お、お離しください」

「嫌だ」

「そんな。お願いです。お離しください」

こんなところを侍従に見られたら事務官は懲戒免職、悪くすると親兄弟まで累が及ぶ。

「そうあわてるな。朝の支度係には俺が呼ぶまで入ってくるなと言ってある」

それで少しはほっとする……わけにはいかない。

自分はそのやり取りを聞いていない。なのに、朝までこの方と眠っていた。すると、つまりは……。

「その、アレクシス殿下。わたしはあの庭からどうやってここまで？」

「俺がおまえを抱いてきた」

うわあ、と卒倒しそうになってしまった。

しかし、うろたえるヒナタをよそに、殿下はぴったり身を寄せて呑気そうに言ってくる。

「昨日の晩はよく眠れた。こんなによく眠れたのは本当に久しぶりだ」

「よかった、ですね？」

なにか返事をしなければと、なんとか言葉をひねり出した。

確かに彼はよく眠れていたのだろう、いつにもまして肌の色艶がよくなっている。

「そうだな。すごくよかったぞ」

頬を緩ませて応じる彼は、寝乱れた漆黒の髪といい、いつもよりやわらかな眼差しといい、普段とは段違いに色っぽい。

まるで後朝みたい、とふと思い、あせってその考えを打ち消した。

そんなことは絶対なかった。なにしろ一緒に眠っていたのは自分なのだ。

でも……どうしよう。たとえなにもないにせよ、この状況はすごくまずい。無礼にも眠りこんだ自分の身体を殿下に運ばせ、そのうえ寝台で朝まで寝るなど。

たとえばいますぐここに侍従がやってきて、おまえを牢屋に連れていくと言ったなら。そのときこの方は取りなしてくれるだろうか。

駄目かな、どうかな。一生懸命お願いすれば、あるいはなんとか……。

そこでそうっと視線をあげたら、アレクシス殿下のそれとぶつかった。

「百面相は終わったか」

彼が愉快でならないようににやりと笑ってそう言った。それからヒナタをあらためて腕の中に囲いこむと、

「そうだ。こんなにいい抱き枕なら使わない手はないんじゃないか」

「……それは、どういう」

聞くのは怖いが、聞かないのはもっと怖い。びくびくしながら訊ねたら、面白そうに笑われた。

「毎晩おまえに共寝をさせるという意味だ」

ひえっと叫びをあげたのはしかたがないと思うのだ。

「どうだ。承知か」

「それは、あの。とても無礼な真似ですし」

「俺が赦しをあたえても？」

なんと言って切り抜けようか。絶体絶命の窮地から、ヒナタがなんとか脱出をと考えたとき。

扉の向こうで硬質の音が聞こえた。

「なんだ、うるさいぞ」

すると、直後に扉がひらかれ、そこからすぐさまヨハンネスが入室してくる。

「おい。まだ入っていいとは言っていないぞ」

「お返事がありましたので、許可があったと判断しました」

ヨハンネスはつかつかと寝台に歩み寄り、そこに横たわっている自分の主とヒナタとを見下ろした。

「もうとっくに執務の時間ははじまっておりますよ。いい加減にヒナタ君を返してください。この子にはしてもらいたい業務が山積みにあるんですから」

「そいつはあとでもいいだろう。俺はいま気分がいいんだ」

「それは祝着至極に存じます」

嫌味っぽく言いながら、ヒナタのほうをちらりと見やる。

「あまりこの子を困らせないでいただけませんか。このやり取りで気絶しそうになっています」

「おまえが突然部屋に入ってくるからだろう」

「それはともかく」

ヨハンネスはものすごく唐突に話の流れを断ち切った。

「いまから五分以内にヒナタ君から手を放し、寝台を出てください」

つけつけと眼鏡の男に指示されて、アレクシス殿下は「わかったわかった」と不満げに承知した。

「楽あれば苦ありだな。無粋な男に邪魔されるのも王太子の務めのひとつだ」

そこでようやく手を放してくれたので、あわを食ってヒナタは寝台から飛び出した。

あせるあまりに寝台から転がり落ちかけ、床の上で足を踏ん張り回避して、近くの椅子にかけてあった自分の上着を摑み取る。

「し、失礼いたしましたっ」

走って出るときちょっと扉に腰をぶつけてしまったけれど、もはやそれどころではなくなっている。

(見られた)

くっきりはっきりヨハンネスに見られてしまった。

「殿下。少しやりすぎですよ」と諫《いさ》める声が後ろから聞こえていたが、生きた心地もないヒナタには意味を読み取る余裕もなかった。

父上、母上、ごめんなさい。僕は牢屋に入れられるかもしれません。

恐れおののく気持ちは、このあとでヨハンネスがヒナタの自室に来るまで続いた。

「すみませんね。殿下は叱っておきましたから」

「わ、わたしは」

「ヒナタ君にはなんの責任もありませんよ。そもそも殿下が浮かれすぎです」

「ほ……本当に、地下牢に入れられるとかそういうのは」

びくびくしながら訊ねたら、彼が笑って横に手を振る。

「ないですないです」

それよりも、と眼鏡を指で持ちあげながら彼が言う。

「このあと殿下が共寝をしようと言ってきても、すぐにうなずいてはいけませんよ。上司であるこのわたしに相談してからお返事しますと答えるんです」

「はい」

「流されては駄目ですよ。判断保留で」

念を押されてヒナタは大きくうなずきはしたけれど、同時に不安も募っている。

これは……もしかして殿下はまだ共寝の件をあきらめていないのだろうか。

そういえば、久しぶりにゆっくり眠れたとおっしゃっていた。

おそらくは眠れぬ夜をたくさん重ねてきたのだろう。それだったら自分ごときでお役に立てるものならば……。

「ヒナタ君」

そこでハッと我に返った。

「きみのやさしさは美徳ですが、時と場合によりけりです。いいですね。もう一回おぼえましよう。上司のわたしに相談してからお返事しますと」

「はい。ヨハンネス様に相談してからお返事させていただきます、ですね」

「大変よろしい」

そうして満足顔の眼鏡の男は部屋を出ていき、ヒナタのほうは執務室に行くための支度を大急ぎでしたのだった。


「アレクシス殿下。それではわたしは休ませていただきます」

彼がうなずくのを確かめてから、ヒナタはしずしずと部屋を出ていく……ことはなかった。

王太子殿下の寝所、その隅っこがいまのヒナタの寝場所なのだ。アレクシス殿下との共寝の件は、二転三転したあげく、微妙なかたちに落ち着いた。

どうしても共寝を言いつけたいアレクシス殿下と、やめさせたいヨハンネス。ふたりの主張は口喧嘩の域にまで達してしまい、

——共寝などは事務の手伝いの職分を超えています。おかしな噂を立てられたらどうするんです。

——もう立ってる。こいつは俺のお気に入りだと。

——だからいいってことではないです。ヒナタ君の縁談にも差し障ります。

そこでアレクシス殿下の形相が変わってしまう。

——おい。おまえは誰か結婚したい相手がいるのか。

こちらにまでとばっちりが飛んできて、ヒナタは打ち消しにやっきになった。

——いないです。ほんとに、誰も。

——ほら、そう言ってるぞ。

——勝ち誇る内容ではないでしょう。とにかく結婚前のヒナタ君を殿下の共寝の相手になどさせられません。

——縁談だの結婚前だのとうるさいぞ。おまえは口うるさい母親か。

——え。誰がなんだとおっしゃいましたか!?

とまあ、そんなやり取りが何度かおこなわれ、互いに譲歩した結果が現在の状態なのだ。

いまのヒナタが眠る場所は、王太子殿下の寝所の隅で、自室から持ちこんできた寝台まわりを箪笥や衝立《ついたて》で囲んでいる。いわばヒナタのちいさなねぐらを仮置きされている格好だ。

——ご迷惑をおかけしてすみません。

仮囲い設置に当たり、ヒナタはヨハンネスにあやまった。

自分のためにアレクシス殿下と衝突までさせてしまって、本当に申しわけない。

けれども彼はなんともつかない表情をして、独り言めいたつぶやきを洩らしてきた。

——あなたはべつに。ただ……あれほどあからさまなのに、ご自分では気づかないものなんですね。

その言葉から、アレクシス殿下のことだとヒナタは知った。眼鏡の男はどこか遠くを眺めるような眼差しで、ため息交じりに言ってきた。

――まあ占い師は自分のことは占えないようですし、あの方もそういうあたりかもしれませんね。

アレクシス殿下はなにを気づかないでいるのだろう。気にはなったが、詮索できる状況でも立場でもなく、ヒナタは中途半端なうなずきを彼に返しただけだった。

そして、ヒナタが仮囲いの中で寝るようになってから、すでに半月近くが経った。

今夜も即席の居室の内で着替えをし、寝台に入って目を閉じてみたけれど、眠気は訪れないままだ。

こんな夜はもしかしたら、と思ったとおりに衝立の向こう側から男の声が聞こえてくる。

「もう寝たか」

「いえ」

ヒナタは身を起こし、寝台から出て、囲いを抜けた。

「夜は冷えるから肩掛けを羽織るといい」

この段で、今夜はあそこに行くとわかる。

ヒナタは言われるままに厚織りの肩掛けを身に着けて、差し出されたアレクシス殿下の手を取り部屋を出た。

「寒くないか」

「大丈夫です」

そんな言葉を交わしながら、ゆっくりと庭への道をたどっていく。

見れば、繋がないほうのアレクシス殿下の手には布を被せた籠があり、これは前回、庭へ出たとき用意をさせようと言っていたものだろう。

まもなくふたりは庭の中の小道を歩いて、東屋の前に来た。

「今夜は明るいな」

「満月ですから」

庭には普段から魔法の明かりが点ってはいるけれど、全体を照らせるほどの光量はない。けれども今夜は降り注ぐ月の光が庭の緑に陰影をつけながら美しい光景をそこに生じさせていた。

「夜食の前にそこらを少し歩いてみるか」

「はい」

殿下は東屋の小卓に籠を置き、もう一度ヒナタと手を繋ぎ直すと、どことも決めずに歩きはじめる。

鳥のさえずりがない夜は、風が渡る葉ずれの音がよく聞こえる。仲良く並んで手を繋ぐ影法師をお供にして、ふたりはぽつぽつと他愛ない会話を交わした。

「アレクシス殿下、そういえばご存知でしたか。寝所近くの枝に止まって鳴き交わすあの鳥ですが」

漆黒の髪の男はやわらかな眼差しでヒナタを見ている。

「青い羽毛を持つのがルリビタキ。胸のところが黄色いのはキビタキというそうです」

「そうか」

「木の下に麦や果物を置いていたら、遊びに来るようになったんです。あ、ですが、さえずりがうるさいと思われるなら控えますが」

「いや。かまわない。おまえが楽しいと感じるのならそれでいい」

その言葉に、ヒナタは少し照れながら礼を言う。そのあとふと思いついて、

「それと、アレクシス殿下」

「なんだ」

「お礼を申しあげるのが遅くなってすみません。殿下がくださった部屋履きですが、とても上質でわたしにはもったいないくらいです」

「ああ、あれか。なにももったいなくはない。気に入ったのならいくらでも取り寄せる」

「ありがとうございます。ですが、ひとつで充分です。大切に使わせていただきますね」

「おまえは欲がないからな。たまには宝石でもねだってみるか？」

「とんでもないです。わたしはいまの暮らしでもすごく贅沢だと思っています」

「そうなのか」

「はい」

「たとえばどんなところがだ」

ヒナタはちょっと考えてから返事する。

「そうですね。今朝食べた卵料理がとろとろでとても美味しかったとか」

言うと、アレクシス殿下は温かな笑みを向ける。

「おまえらしい」

いつも一緒にいるからかちいさな話題は尽きることなく、ふたりでとりとめもなくしゃべりながらふたたび東屋へと戻っていく。

そうしてそこの長椅子に腰かけると、彼が小卓の上に置かれた籠を見て、

「あれの中身を出してみろ」

ヒナタが被せていた布を外して取り出したのは、ハムとチーズのサンドイッチ、ちいさな焼き菓子、それに保温の効果を持つ紅茶の瓶、そしてそれらを食べたり飲んだりするための食器の類。

ヒナタが皿にサンドイッチと菓子を取り分け、瓶の紅茶を茶碗に注いで、彼と自分の前に置く。

「どうぞ」

「おまえから先に食べろ」

「え、ですが」

「ひと目のないこの庭では行儀なんか必要ない」

これからもここではそうしろと彼が言う。

この方の勧めを頑なに断るのもためらわれて、ヒナタはおとなしくサンドイッチを手に取った。

「これ、美味しいです」

「そうか。そっちの菓子も食え」

言われるままに焼き菓子も口に運ぶ。

「こちらもさくさくしていて風味がいいです。アレクシス殿下もおひとついかがですか」

「俺か？　そうだな、俺は」

「わっ」

びっくりして声が出た。彼が腕を伸ばしてきて、こちらの身体を掬い取ると、膝の上に横抱きの格好で乗せたのだ。

「わ、わたしを乗せると、殿下が」

「ん？」

「飲んだり食べたりできません」

「おまえが口に運んでくれればいいだろう」

ヒナタは「え」と大きな目を丸くする。

「冗談だ。そんなに目を見ひらくとこぼれ落ちるぞ」

愉快そうな笑いを洩らすと、みずから顔を傾けて、ごく間近からこちらを眺める。

「おまえの眸は芽吹きの色だな。明るくて暖かい」

とても気持ちがいいんだと彼がささやく。

「いったいいつからこんな感情を持つようになったのかな」

ヒナタは漆黒の眸を見返し、自分もそうだとしみじみ思う。

出会った最初は尊貴な方への畏敬の念しか感じなかった。そのあとも、失礼をしでかさないかとつねに緊張をおぼえていた。

それなのに、いつのまにかこんなにも自分にとって近しい存在になっている。

自分なんかがと思う気持ちはあるけれど、この方にできることはなんでもしたい。

少しでもこの方の慰めになれればいい。

心からそう感じる自分がいるのだ。

「もしわたしでよければ……料理をお取りしましょうか」

さっきは冗談だと言われたけれど、自分だけ食べておしまいは気が引ける。それに、なにかこの方のためになることがしたかった。

「おまえが食べさせてくれるのか」

「はい」

その行為を想像すると、ものすごく気恥ずかしくなるけれど、もしもこの方が望むなら。

「じゃあ頼む」

これでもう後には引けない。

ヒナタは手を伸ばし、ハムとチーズのサンドイッチを皿から取った。

「どうぞ」

それを差し出すと、彼が顔をうつむけてくる。当然自分の手のすぐ傍まで男の顔が近づいて、ヒナタはもうどんな顔をしていたらいいのかがわからない。

胸をどきどきさせながら彼がサンドイッチを食べるのを見守って……最後のひと口を食べ終えてくれたから、ほっとしたのもつかの間だった。

「あ、っ」

アレクシス殿下がヒナタの指を咥《くわ》えたのだ。

「ち、ちがっ……」

それは指で、サンドイッチはもうないのに。

たぶん顔が真っ赤になっていたのだろう、アレクシス殿下はゆっくりと指から唇を引き抜いていったあと、あろうことかヒナタの頬をぺろりと舐めた。

「こっちも旨そうな色をしている」

びっくりして固まっているヒナタを見ながら、彼が面白そうに言う。

「ここも食べてかまわないか」

ヒナタは口を何度か無意味に動かしたのち、ようやく声を絞り出した。

「だ、駄目です……っ」

「そうか。それは残念だ」

彼は無理押しをすることなく引いてくれたが、心の乱れは少しも鎮まってくれなかった。

自分の指にも頬にも、この方が触れたときの感覚がいまもありありと残っている。

「困らせてしまったか」

ヒナタはふるふると横に首を振ってみせた。

「あの……平気です」

彼はヒナタの顔を一度覗きこんだあと、しなやかな筋肉に覆われた両腕でヒナタをしっかりとかかえこんだ。

「こうしていると不思議と波立ちが収まってくる」

響きのいい声をヒナタの耳に聞かせながら彼は言う。

「おまえをこうやってかかえていると、世界を破壊してやりたい衝動も落ち着くんだ」

漆黒の眸の奥に物騒な光をひととき瞬かせ、それから唇の片端をあげてみせる。

「心配そうな顔をするな。本当にやりはしない」

自分が心配なのは世界よりもあなたです。そう言ったら、あまりにも不心得なひどいやつになるのだろうか。

世界を壊してしまいたい。この方がそう感じるのはそれほどまでに大事なものを喪ってしまったためだ。

これほど傷ついたこの方の哀しい心を護りたい。そんな力もないくせにそう願わずにはいられなかった。

「いえ、あの。心配などは」

しかし、自分の気持ちとは裏腹にろくな受け答えもできないうちにアレクシス殿下が「そろそろ戻ろう」と言ってくる。

「朝になるまでこうしていたいが、おまえを眠らせてやらないとな」

彼がヒナタを自分の膝から下ろしかけ、ふとその動きを止めて言う。

「そういえば、おまえはあれを持っていたな」

「あれ、ですか？」

「黒い石の首飾りだ」

いまも持っているかと問われ、ヒナタは「はい」とうなずいた。

「ここにあります」

胸元から出してきたのは長い紐がつけられた小袋だ。直接つけて汚したら困るので、こうやって袋に入れて肌身離さず持っている。

「ちょっと貸せ」

ヒナタは袋から中身を出してアレクシス殿下に渡す。すると、彼は首飾りを右手に載せ、かすかなつぶやきを発しはじめた。

（なんだろう。なにか、呪文のような？）

この方が魔法を使えるのは知っている。なにが起きるのかと見守れば、ほどなく彼の手首の先がまばゆい光に包まれる。

「……っ」

まぶしさに思わず目を細くしたヒナタの前で、彼がゆっくりとひらいていた手を握る。と、それにつれて輝きも収まっていき、ふたたび手をひらいたときにはなんのへんてつもない首飾りがそこにあった。

「これでいい」

アレクシス殿下が満足そうにつぶやいた。

「こいつを首からかけておくんだ。ああ、袋に入れずに直につけろ」

指示されるままヒナタは彼にしたがって首飾りをつけ終えた。

「あの、これは？」

「なに。ちょっとしたお守りだ。これからはいつでもこれを提げておけ。絶対に外すなよ」

強く命じられ、理由はわからないながらヒナタはこくんとうなずいた。

「承知しました。いつでもこの身につけておきます」

それでいい、と彼に頭をひと撫でされ、ヒナタはようやく膝上から下ろされた。

「ああ……手放すと、やっぱり惜しいな」

空になった自分の手を見て、残念そうにアレクシス殿下が言う。それからなんだか悪いことを思いついた顔をして、

「なあ、ヒナタ。今夜は俺と共寝をしないか」

「え」

「なにもしない。一緒に寝台で眠るだけだ」

この方がそうおっしゃるのなら……ヒナタはうっかりうなずきかけて、その寸前で思いとどまる。

あのときたしか、こんなふうに約束したのだ。

――このあと殿下が共寝をしようと言ってきても、すぐにうなずいてはいけませんよ。上司であるこのわたしに相談してからお返事しますと答えるんです。

流されては駄目ですよ、とも。

ヒナタはこの場にいない上司の言いつけを思い出し、少しだけためらったあとそのとおりの台詞《せりふ》を言った。

「ええと。それは……ヨハンネス様に相談してからお返事させていただきます」

「それはいったいなんの真似なんでしょう」

ヨハンネスが睨みを利かせて言ってくる。その先にあるものは、ソファに座るアレクシス殿下の姿だ。

「見てわからないか」

「わからないから言っているんです」

ヨハンネスが睨んでくるのも当然で、アレクシス殿下は執務の休憩時間になると、ヒナタを呼び寄せ膝の上に座らせたのだ。

「ヒナタ君が困っています」

「困っていない。こいつは自分から膝の上に乗ったのだ」

「そうするように殿下が仕込んだのでしょう」

満月のあの庭でふたりが夜のひととときを過ごしてから今日で三日目になるのだが、アレクシス殿下は自分が暇になればヒナタを膝上に乗せたがる。

最初はヒナタもためらっていたのだが――おまえをこうやってかかえていると、世界を破壊してやりたい衝動も落ち着くんだ――あの折に聞いた言葉を思い返せば、無下にすることもできかねる。

結果として、ヒナタはアレクシス殿下から手招きされれば諾々とお膝に乗っていたのだった。

「執務中は控えているぞ」

「当たり前です」

まったく、とこぼしても彼は涼しい顔のままだ。ヨハンネスはあきらめ顔で肩をすくめる。

「まあいいですけれど。くれぐれも人前ではお控えください」

（あ）とヒナタは梯子が外された気分になる。

ということは、抱き人形は継続だ。つまりはこれからも執務室でこの格好は許される？

ヒナタが遠い目になったままにやがて休憩は終わりを迎え、ようやく彼の膝上から下ろされた。

「ヒナタ君。殿下とわたしはこれから人に会ってきます。そのあいだはこの部屋にいてください」

「承知しました」

通常の執務とは別件で、アレクシス殿下とヨハンネスはベルツ侯爵の問題を秘密裏に追及している。それがいよいよ大詰めになってきたのは察していたし、おそらくはその一件に関する用事なのだろう。

「ここで執務のお手伝いを続けています」

「頼みましたよ」

それでヒナタはひとり残って書類仕事に精を出した。

一時間ほどそうやって過ごしたあとで、部屋の扉が叩かれる。どうしようかと一瞬迷い、勝手に無視を決めこむわけにもいかないので、とりあえず扉をひらく許可を出した。

「エーレルト様、大変でございます」

入ってきたのはお仕着せを身につけた壮年の男で、あわてているのがはっきりと見て取れる。

「王太子殿下が」

「アレクシス殿下がどうかされたのですか」

告げてきたのはアレクシス殿下の身の回りの世話をする侍従だった。何事かとヒナタも仕事の手を止めて腰を浮かせる。

「ちょっとここでは申せないことなのですが、至急わたしについてきていただけませんか」

他の人間なら断っていただろう。けれども、この男はアレクシス殿下が日頃から身近に置いて、着替えの支度や飲み物の用意など、細々とした普段の用事を言いつけている者だった。

「わかりました」

ならば、ヒナタに否やはない。彼に続いて急いで部屋を出ていくと、何度も廊下の角を曲がって王宮の奥まった場所へと向かう。

警備の騎士たちは侍従の顔を見知っているのでどの箇所でも呼び止められることはなく、行き着いた扉の前には誰も人がいなかった。

「こちらです」

どうぞお入りくださいと彼がヒナタを前に出す。

「扉を叩いてもお返事ができないのです。どうぞそのままお開けください」

一瞬（あれ？）と思ったが、普通ではない出来事が起こっているからわざわざ自分を呼んだのだ。

それではと心を決め、扉の握りに手をかけて押しひらいた。

「……え？」

中に入って数歩でヒナタは棒立ちになる。

室内には誰もおらず、また、異変がここで起こった様子はまったくなかった。

「あの。アレクシス殿下はどこに」

振り向いて問いかける。侍従は扉をしっかり閉めてこちらを向いた。

「王太子殿下はあちらにおられます」

指差したのは壁際だ。仕草につられてヒナタは視線を斜めに上げた。

（……っ）

刹那に息を呑む。

そこにあったのは大きな額で、ふたりの立ち姿が描かれた肖像画。ほぼ等身大の彼らのうち、水色の衣装を着た若者は優美そのものの印象で、すぐ隣に立っている男のほうを向いていた。

そして、銀の髪に淡い青色の眸を持つ麗人を見下ろすのは漆黒の髪と眸をした美丈夫で、その眼差しは相手への愛おしさに溢れていた。

誰がどう見ても似合いの一対。

男に愛されている心の弾みと、ほんの少しの恥ずかしさと、なにより相手に対する深い愛情、それがほっそりしたその麗人の全身から表れている。

アレクシス殿下とユリアン、これはふたりを描いたものだ。

「あ……」

幸せに満たされたふたりの絵姿、それを見たヒナタの胸が鋭い痛みに刺しつらぬかれる。

あまりに激しい炎のような感覚はヒナタの全身を駆けめぐり、そしてもう消えていかない。

まるで毒に侵されたひとのようによろめいて、ヒナタはその感覚の正体を知る。

これは……嫉妬だ。

王宮に上がるまでおだやかな生活を送っていた自分は、誰かを羨むという感情を持たないできた。

学院で科目別の試験の際には、自分より上位の者がたまに出はしたけれど、その人達を羨ましいとは思わなかった。

すごいな、と単純に感心したし、自分ももっと頑張ろうと次の励みになっただけだ。なのに……これはあのときとはまったく違う。そんなものとはぜんぜん違う。

あのふたりを見て、素敵だなんて思えない。

自分にも愛するひとができるように頑張ろう、そんなふうには思えない。絶対に思えない。

いまの自分が感じているのは、灼《や》けるような苦しさだ。

知らず衣服の胸元を握り締めたヒナタの耳に、険のある侍従の声が流れてくる。

「これでおわかりになりましたか。アレクシス殿下に真にふさわしいのはどなたなのか」

そう。答は決まっている。あの絵に描かれているユリアンだ。

「ユリアン様は美しいだけでなく、やさしく聡明な方でした。お身体はあまりご丈夫ではなかったのに、つねに周囲に気配りし、下々の者にまで行き届いた配慮を見せてくださいました。まさにアレクシス殿下と結ばれるべく生まれたお方。ユリアン様にくらべたら、誰もが貧相ながらくたです」

それは、そうなのだろう。このひとの言うとおりだ。

「おふたりは心から愛し合っておられました。それはもうのちのちの語り草になるほどに。不幸にしてユリアン様が身罷《みまか》られたときのアレクシス殿下のお嘆きは到底見てはいられぬくらいに深かったのです。ですから、ここ四、五年ほどになってようやく戯れのお相手を召されるようになったのは、わたしにとってはむしろ心が緩むような出来事でした」

「戯れの……」

自分がしゃべったとは思えないほどしわがれた声だった。

「さようです。男女問わずいずれも麗しい方々でしたが、殿下のお眼鏡に適った方はおられません」

そこで侍従はひと呼吸置いてから言葉を続ける。

「どうしてだかおわかりですか」

「それは」

ユリアンには及ばない人達だから。声に出さないその返事を読んだように、侍従はまたも口をひらいた。

「この部屋はユリアン様が伴侶となられた暁にご使用される部屋でした。家具も敷物も掛け物も飾り物も、どれひとつ取っても殿下が吟味して準備なされたものです」

ヒナタは周囲を見回した。侍従の言うとおり必要以上に華美ではないが、住むひとの人柄が感じられるような洗練されて品位に満ちた物ばかりだ。

「ご成婚の段取りが決まったとき、わたしはまだ侍従ではなく殿下付きの使用人のひとりに過ぎませんでした。ですが、ユリアン様のおために殿下がどれほど心を砕いてこの部屋をご用意されたかはおぼえております」

そのあと一拍置いて、ヒナタをちらりと目に入れる。

「それにくらべて」

言ったのは侍従だが、心の中でヒナタもおなじことを思った。

アレクシス殿下の寝所の隅っこに作られた仮囲いはあり合わせでできていて、いっそ見苦しいと言ってもいいほどだった。

天の月と地べたの石ころ。純白の孔雀と灰色ネズミ。それくらいの違いがある。

「わたしは……でも、どうして」

そんなことをわざわざこの部屋に連れてきて聞かせるのか。

「理由をお話しする必要がありますか」

わかりきったことだろうと言わんばかりの顔つきだった。ヒナタは黙ってただ横に首を振る。

いっときはものめずらしさで傍に置いているけれど、しょせん数にもならない存在だ。

勘違いするな。身の程をわきまえろ。そのことを伝えたいがためだった。

「わたしから申すことはそれだけです」

侍従はそう言うと、ヒナタを見もせず踵を返し、一国の王太子殿下が愛する伴侶を迎えるためのこの部屋から出ていった。

執務室に戻ったときには幸いにもアレクシス殿下もヨハンネスもまだ他所《よそ》にいるようで、室内に彼らの姿は見えなかった。

ヒナタは自分でも意外なほどに平坦な気持ちのままにやりかけていた仕事を進め、彼らが戻ってきたときにもごく普通の顔で迎えた。

ふたりも特に外でなにかあったと語ることなく、いつものとおりに執務をこなし、時間いっぱいまでせっせと積み上げられている書類の山を片づけた。

そうしてヒナタは何事もなかったように食事をし、湯を使い、昨日とおなじく着替えをして仮囲いの寝台に横たわった。

なにか格別に考える必要はない。あの部屋で侍従から言われたことは、当たり前のことばかり。

侍従はこちらを憎んではいなかった。個人的に嫌いだからあんなふうに言ってきたわけではない。ただ事実をありのままに話して聞かせただけだった。

なにひとつ自分には反論できる余地がない。なにもない。そのとおり。彼は正しい。

心がからからに干からびてしまったようで、苦しいとも哀しいとも思わない。ユリアンの絵姿を見たときに感じていた胸の痛みもいまは遠くなっている。

つらくはない。だから平気。ヒナタが目をひらいたままただぼんやりと天井を眺めていたとき。

(あ……)

聞こえた。あれは自分を呼ぶ声だ。こっちに来てと誘っている。

いつもなら起きあがり、ふらふらとそちらに行こうとするのだけれど、今夜のヒナタは初めてその声に逆らった。

行きたくない。見たくない。知りたくない。なにもかも。

けれども自分に呼びかけるそのささやきは消えることなく、必死な気配を増してくる。

お願い。来て。どうしても。

いつになく訴える調子が強い。ヒナタは上掛けを引っ被って知らないふり、聞こえないふりをしていたけれど、ついにあきらめて上掛けを引き下ろした。

(どうしても行かなくちゃいけないのかな)

もうなにも考えずじっとしていたいのに。

それでもまたあの声が聞こえてきたとき、ヒナタはほとんどやけっぱちの気分になって寝台から出た。

行けと言うなら行くけれど、自分がなにかできるわけじゃないからね。

内心で文句を言って、ヒナタは足音を忍ばせて壁づたいに寝所を横切る。アレクシス殿下はいつもより寝つきがいいのか、すでに寝台の中に入って休み中のようだった。

これ幸いとヒナタは扉に行き着くと、こっそり部屋を抜け出した。

「ああ……ここか」

ヒナタはがっくりうなだれた。普段より夢の中にいるような気分が薄く、扉の前でこの場所がどこなのかわかったのだ。

アレクシス殿下がわが伴侶を迎えるために心を込めて用意した愛の巣だ。

このまま回れ右をして帰りたい。さっきまでいた仮囲いの中ではなく、事務官宿舎か、あるいはエーレルト家の屋敷まで。

本当にそう願うのに……また、あの声が自分を急《せ》かす。

(行きたくないのに)

嫌でしかたがないというのに。

行きたくない。帰りたい。どこでもいいから逃げ出したい。

だって、またここに入っていけばあの痛みが待っている。

嫌だ。でも……またあの声が。

ヒナタは眉根をきつく寄せ、目をつぶって扉をひらいた。

そうして室内に足を踏み入れ、数歩も行かないでへたりこむ。

「見たくない……」

ヒナタは精緻な図柄がほどこされた絨毯の上で丸まる。

殿下に愛されるユリアンが羨ましい。亡くなってなお殿下の愛を一身に集めているあの方が妬ましい。

そんな醜い自分の心を知りたくなどなかったのに。

そうだ……自分はこの部屋にあるふたりの絵姿を見て、いやおうなく気づかされた。

自分はアレクシス殿下のことが好きなのだと。

「……どうしよう」

こんな自分を知られたくない。醜い心をかかえたままでアレクシス殿下のお傍にはいられない。

ヒナタがさらに身を縮め、傷ついた獣のような格好で丸くなっていたときだ。

「え……？」

また聞こえた。

いつもとおなじ気配があって、けれどもこれまでとは違いがある。

ここに来てと、ヒナタに呼びかける声ではない。

ああ、また聞こえる。今度はもう少しはっきりと。

（……大丈夫？）

そう言った感じがした。大丈夫って、いったいなにが大丈夫なんだろうか。

その声をもっとよく聞き取ろうと、ヒナタは背筋を伸ばそうとした。

「ヒナタ」

いきなりの大声に前後して扉が音高くひらかれる。誰が来たのかそれでわかり、ヒナタはふたたび身を縮める。

「おまえ……どうした。大丈夫か」

それには答えず、さらにちいさく丸まった。

「どこか痛いか。怪我をしたのか」

無言で首を横に振った。

「なんともないのか。ただそうやっていたいだけか」

今度は縦に頭を振った。

「そんなことを言わないでちょっと顔を上げてみろ」

ヒナタは嫌々と首を振った。すると、ため息が聞こえてきて、穴があったらもぐってどこかに消えたくなった。

「俺は少しも怒っていないぞ。叱られる心配はしなくていい」

こんな自分はむしろこの方から叱られて、王宮を追い出されてもかまわない。

「おまえはバターと林檎《りんご》の焼き菓子が好きだったろう。戻ってあれを一緒に食べよう」

すぐに作らせるとアレクシス殿下が言う。

本当にいますぐに命じそうな気配があって、ひしゃげた声で「申しわけありません」とあやまった。

「なにをすまないと思っているのだ」

なにもかも。特にこの方を好きになってしまったことだ。

「なあヒナタ」

彼が自分の真横に腰を下ろしたようだ。

「どうしてこの部屋に入ろうと思ったのだ」

それは答えられなかった。

「誰かに教えられたのか。それを聞いたのは、今日俺がヨハンネスと執務室を留守にしていたときのことだな」

この問いかけは正解で、だけどヒナタは返事ができない。

「夜中に部屋を抜け出して、来てはならない場所に入る。これはおまえに関する監督が足りないということだ。ならば、不行き届きのこの罰は誰かが負わねばならないな」

ヒナタはびくっと背中を揺らした。

「監督すべきは俺だから、当然罰は俺が受けねばならないだろう」

「え」

ぎょっとして、ヒナタは顔を振りあげる。

「俺がもっとも嫌な罰はおまえといられなくなることだ。おまえ、俺と離れてヨハンネスの保護下に入るか」

そうしてくださいとは言えなかった。

さっきまで、あんなにここから逃げ出したいと思っていたのに。

自分と離れることがこの方にとってもっとも嫌な罰だなんて、そんなことを言われたら心が乱れてしかたがなくなる。

「い、嫌です」

ヒナタは絨毯に両手をついて震える声を押し出した。

「わたしはあやしいやつですから……いままでどおり殿下が見張っていてください」

「ああ、本当にな」

アレクシス殿下は言って、ヒナタの身体を引き寄せる。

「おまえはめちゃくちゃにあやしいやつだ。知っているか、この部屋にも結界が張られているから俺以外の誰もこの中には入れないんだ」

「え」

そういえば、侍従は自分でしようとせず、こちらに扉を開けさせたのだ。

「もう一度聞く」

ヒナタの頬を両手で挟んで上げさせて、視線を合わせてから彼が問う。

「おまえにこの場所を教えたのは誰なんだ」

大事なことだと真剣な眼差しで見つめてくる。

もう嘘もごまかしもしたくなくて、ヒナタは真実を打ち明けた。

「……アレクシス殿下付きの侍従殿です」

聞いて、彼は低く唸った。

「あいつか」

「ですが、あのひとは悪くないです。わたしに事実を教えようと」

とたん、漆黒の眸から発される眼差しが鋭くなった。

「事実とは」

「その……ユリアン様は素敵な方だと」

アレクシス殿下はつかの間端正なその顔からいっさいの表情を消し、ややあってからゆっくりとうなずいた。

「なるほどな」

こっちへ来いと、彼がヒナタの腕を取ってその場に立たせる。それから手を引いて室内のソファに座らせ、自分も隣に腰を下ろした。

愛し合うふたりを描いた絵姿が横目に見えるその位置で彼はおもむろに話しはじめる。

「俺とユリアンが出会ったのは、あいつが十六歳を迎えたときのことだった。あいつは侯爵の息子だったし、その月に社交界デビューがあって俺に挨拶をしに来たんだ」

きっと身分が高いのだろうと想像していたけれど、やはり上位貴族だった。

ヒナタは下を見たままにうなずいた。

「ひと目見た瞬間に、俺はあいつが伴侶とわかった。あとで聞けば、あいつもおなじだったそうだ」

では、ふたりは一目惚れだったのだ。その事実がヒナタの心に突き刺さる。

「あいつが同性であったことは問題にならなかった。ヒナタ、俺たち竜の血を引く王族はどんなふうに子供を増やすのか知っているか」

「……いえ」

「だろうな。それはごく一部の人間をのぞいては口外禁止になっている」

そう言ってから、殿下は平坦な調子で告げる。

「直系の王族が産ませる子供は、最初は卵のかたちを取る。そうやって産まれてきてから孵化し、人間の赤ん坊の姿になる」

だから、同性同士でも伴侶にするには問題ないと彼は言う。

「しかも、産まれた子供はかならず黒髪と黒目を持つ。これはいままで一度も例外はなかったことだ」

ヒナタは無言でうなずいた。

「出会ってその日のうちにあいつを伴侶に選ぶと言ったら、結構な騒ぎになった。が、結局は誰も異議を唱えることなく伴侶候補におさまって、あいつはしょっちゅう王宮にやってくるようになったのだ」

それが二十七年前だと殿下が教える。

「あの庭を作らせたのもその頃だ。おつきの人間を入れないで、あいつと過ごしたかったから。あいつもあの庭を気に入って、控えの人間の目をくらませて、よくあそこに行ったものだ」

きっととても楽しい時間をふたりで過ごしたのだろう。

遠くを見る殿下のやさしい眼差しが、それをヒナタに事実として突きつける。

「この部屋の調度も俺がととのえた。伴侶の部屋を作るのは通例だが、王宮内で居心地良く暮らしてもらおうと思ったからな」

とても行き届いた気配り。それもあの方を愛すればこそなのだ。

胸の奥を痛くしながらヒナタはその言葉を耳に入れた。

「それで、部屋の準備が終わり、伴侶の儀まであと十日となったときだ」

彼はひととき口をつぐみ、それから低く声を発する。

「侯爵家の屋敷の中であいつは突然苦しみはじめた。突然の出来事で、誰もなにもできないうちにあいつの命は消えてしまった」

彼が自分の膝上で拳を握る。きつく握られたその手がとても痛そうで、ヒナタはそっと自分の指を伸ばしかけて……やめてしまった。

その痛みは自分には癒せない。できるのは亡くなったあの方だけだ。

「毒を吹きつけられていたのだとあとになってわかったが、いまに至るも犯人は不明のままだ。何人かにその嫌疑がかかったが、特定はできなかった」

アレクシス殿下は唇を引き結び、ちらりと絵姿に目をやってから言葉を継いだ。

「あいつが伴侶になっていれば。俺はそのとき痛切にそれを思った。伴侶の儀をおこなえば、あいつは竜の祝福を受け、以後は加護の力を授かる。婚礼相手の王族とおなじくらいの寿命を得、怪我はしにくくなるし、毒にも呪詛にも負けないような身体になる」

しかし、だからこそ、その前を狙われたのだ。

それがヒナタには推測できた。

おそらくは、婚礼前にゆっくり実家で過ごさせようと考えたのが仇《あだ》になった。

侯爵家といえども警備の厳しさは王宮には敵わない。犯人は巧みにその隙を突いたのだ。

「俺はうかつな自分を呪った。実家に帰すべきじゃなかった。ずっと王宮内に留めておけば、あんな結末にはならなかったと」

ヒナタは両眉をきつく寄せてうつむいた。

その折のこの方の心情を想像したら、痛くて苦しくてしかたない。

「俺は自分の馬鹿さ加減を罵って、自分を責めて、恨んで、悔やんだ。そして、そのあとで決めたんだ」

なにをだろうか。ヒナタは横向きに顔を上げ、相手の様子をうかがった。

彼は読めない表情で、淡々と言ってくる。

「俺の寿命を半分やろうと」

「え」

思わず声が洩れてしまった。アレクシス殿下は平坦な口ぶりであとを続ける。

「俺たち直系は普通の人間より寿命が長い。しかも、伴侶と決めた者に執着する性質を持つ。そんな俺たちが婚礼前に伴侶候補を失えば、その後の人生は喪失の痛みに耐えかね自死するか、廃人同様に生きていくか。それらが容易に想像できるからだろうか、神竜は最初の王との契約時にある救いをもたらした」

「それは……なんですか」

明かされる事の重さに、唇をわななかせつつヒナタは聞いた。

「自分の寿命の残り半分と引き換えに、喪った伴侶となる相手を転生させる術だ」

ヒナタは愕然としたままに、いま聞かされた言葉の内容を飲みこんだ。

寿命の半分をあたえるほどにあの方は愛され、その命を惜しまれていた。

アレクシス殿下の覚悟の大きさ深さを思えば、自分のちっぽけな嫉妬などなにほどのことだろうか。

「ヒナタ。だけど俺は勘違いをしていたようだ」

「え……？」

この方がなにを言いたいのかわからない。ヒナタは目を見ひらいて、彼の話の続きを待った。

「転生術はおそらく成功したのだろう。確信はないままにそう思い、転生したはずのユリアンを探したが、あいつはなかなか見つからなかった。伴侶を失い、寿命を半分削ったあとで、俺の生命力も衰えていたのだろう、草の根分けても探そうという気迫は欠けていたようだ」

ヒナタはもうなにも言えずにうなずくばかりだ。

「そもそも俺はあいつがすぐに転生するのだと思っていたんだ。だから、その年齢を目当てにしてそれに当てはまる者ばかりを探していた」

つまり、いまは二十五歳になるほどの者たちだ。

「それでいくと、ヒナタ、おまえは除外だな」

「そう、ですね」

それしか言えない。ヒナタは胸を押さえながらうなだれた。

「そうだ。おまえは対象外だ」

真実なのに、こんなに痛い。ヒナタはもう息さえもできない気分で身を縮ませた。

「それならおまえはこの事実をどう思う？」

問われて、困惑に瞬きする。

「どう、とは？」

そろっと首をもたげて返した。

「舞踏会で最初におまえを見かけたときに、心のどこかが動かされた気分になった。気のせいだろうと最初は思った。廊下で見かけて、本を持ってやったのもたんなる成り行きに過ぎなかった」

なるほどと、ヒナタはちいさく首肯した。

しょせん対象外の自分だから親切もたんなる気まぐれ。それ以上のものではない。

「なのにおまえは俺があの庭の東屋にいたときにひょっこりと現れた」

あのときは驚いたぞとアレクシス殿下は言う。

「俺以外は誰も入れないはずだったのだ。なのにあやしさ全開でおまえがのこのこ入ってきた」

あのときもそう言われたし、いまとなっては納得だ。

想い出の大事な庭に鍵をかけて人払いをしていたのに、王宮事務官の下っ端が迷いこんできたのだから。

「あまりにもあやしいのに、調べさせてもおまえの経歴は潔白そのもの。意味がわからず頭がどうにかなりそうで、おまえを身近に置くことにした」

そのあたりはおまえも知っているとおりだと彼が言う。ヒナタも異議なくうなずいた。

「置いてみればおまえは面白いやつだった。よく笑うし、よく驚くし、べそべそと泣きもする。

そのたびに、俺はおまえに振り回されて、むかっ腹を立てもしたが……毎回すごく楽しかった」

彼はそっと手を伸ばし、ヒナタの肩を抱き寄せる。

「こうやって触れ合うと、黒いもので満たされた心の濁りが薄まってくる。ユリアンと一緒にいたときともまた違う。違うが、根っこはおなじようだ。おまえが発する輝きが俺の魂を照らしてくれる」

「違うが……おなじ」

そうなのだろうか。自分とあの方ではくらべものにならないのに。

「むしろある意味では、それ以上かもしれないな」

揺れ動くヒナタの心を知らぬげに、彼はさらに発言してくる。

「あれと出会ったとき、俺は憂いを知らなかった。苦難など努力すれば乗り越えられるし、俺のように力があれば思うことはなんでもできる。そんな単純な考えかたを持っていたんだ」

力があるのは本当なのだし、前向きに努力する気持ちでいるのはむしろいいことだと思うのだが。

しかし、アレクシス殿下の考えは違うようだ。

「自分の人生は自分の力でなんとでもなる。当時の俺にそんな傲《おご》りは確かにあった。ユリアンも少々身体が弱いようだが、この俺の伴侶になれば竜の祝福で長命を得て健康になる。その程度の認識だった」

「でもそれは、アレクシス殿下が悪いというわけでは」

「悪いさ、とてもな」

彼は自嘲気味に両肩をすくめてみせた。

「伴侶の儀を終えるまでは、あれはか弱い人間だ。それなのに、あれを失う可能性を考えなかった俺の落ち度だ」

では、この方は伴侶候補を亡くしたことを自分の責任だと思っているのか。

「それは、違います。アレクシス殿下のせいではありません」

「理屈はそうかもしれないが、俺は自分が許せなかった。同時に、あれを喪わせた世界そのものにもひどく腹を立てていたんだ。もし、あれほど気力を失っていなかったら、なにかずいぶんとひどい所業を犯していたかもしれないな」

皮肉っぽい笑みを浮かべる男の眸は、凄惨な情動を孕《はら》んでぎらつく光を放つ。

ヒナタはこくんと喉を鳴らした。

「そんなときにおまえが俺の目の前に現れた。二十五年間探してもユリアンは見つからないし、俺はなにごとにも興味を持てず、生きることに倦んでいた」

なのに、と彼はヒナタの頬に手を当てて、自分の顔のほうへと向かせる。

「おまえは初手から俺をぶんぶん振り回してくれたからな。お陰で倦怠感《けんたいかん》などおぼえる暇もなくなった」

「それは……」

　振り回されたのはこちらのほうではないだろうか。この方がなにか言うたびするたびに、自分は激しく揺り動かされていたというのに。

「本当のことだろうが。このあやしすぎる生き物め」

　癪《しゃく》に障ると言わんばかりに、ヒナタの鼻を軽く摘まんだ。

「んうっ」

「おまえといるようになってから、俺はすごく楽しいし、同時にちょいちょいむかつくし、やたらと不安も湧いてくる」

　これがおまえのせいでなくてなんなのだ。

　摘まんだ鼻から手を離し、彼は両方の手のひらでヒナタの頬を包みこんだ。

「夕陽の野原に行ったこと、なかでもあれは決定的だ」

　そこで黙ってしまうから、おずおず彼に問いかける。

「決定的とは？」

「つかの間でもユリアンを忘れたことだ」

　ヒナタはハッと息を呑んだ。

「上品で聞き分けのいいユリアンは、俺のことを振り回しはしなかった。会えば、いつでも心地のいいおだやかな時間が持てた。間違っても、俺が本気で引きずっている出来事を、たとえ少しのあいだでも忘れさせてしまうようなびっくり箱じゃなかったからな」

「も、申しわけありません」

「ふん。意味がわかっていないくせにあやまるな」

そう言うけれど、殿下はヒナタに当てた手で頬をやさしく撫でてくる。

「おまえとユリアンは似ていない。なのに、あれとおまえとに願うことはまったくおなじだ」

なにを、と思った直後、ヒナタは男の腕に攫《さら》われていた。

あっと言う暇もなく、膝に乗せられ、強く激しく抱き締められる。

「俺から離れるな。俺に別れの苦しみをあたえるな」

息ができなくなるほどのきつい抱擁。

こんなにも強い男が、まるでちっぽけな自分ごときにすがりついているように感じるのは気のせいだろうか。

「アレクシス殿下っ……」

胸がいっぱいになってしまって、ヒナタもそっと彼の背中に両手を回した。

「殿下じゃない、アレクと呼べ。大市でそう言っただろう。おまえだけに許した呼び名だ」

いままで誰にもさせなかった、自分だけに許された彼の呼びかた。

ああ……もう駄目だ。これ以上我慢できない。好きな気持ちが溢れてしまって止められない。

「アレク、様」

「ああ」

「アレク……アレク様……っ」

好き。この方が大好きだ。

「ヒナタ、いいか。俺はおまえに口づけするぞ」

これがたとえひとときの慰みでもかまわない。

この方に求められたい。自分も欲しい。そうしてほしい。

「いい、です」

本当は、返事なんて必要がなかったのだ。ヒナタが言い終えるその前に彼がぐっと身を倒し、唇を重ねてきたから。

「ん……っ」

男の唇が触れた瞬間、胸のあたりにピリッとした刺激があったが、それを探る余裕もないまま彼との口づけに翻弄される。

抱き締められて仰向けになったヒナタは、わずかにひらいた唇の隙間から男の舌を受け入れる。

歯列を這う舌は呼吸が苦しくて開けた隙間に捩《ね》じこまれ、そこで自由に動きはじめた。

「ん……く……っ」

ぬめらかな感触に驚いて、知らず頭を反らせたら、後頭部に当てられた手のひらにその動きをはばまれた。

「んん……っ」

ヒナタの初めての口づけは痺れるほどに深く激しい。

絡んだ舌はまるでべつの生き物であるかのようにあやしい動きをしているし、くちゅくちゅと立てられる水音も身悶《みもだ》えするほど気恥ずかしい。

口腔の歯列をすべて舌先でまさぐられ、飲みこみきれない唾液が唇の端から落ちる。

こんな触れ合いのなにもかもに不慣れなヒナタは目を回しつつ彼のするままになるだけだ。

「あ……」

さんざん舌を吸われてしまって、ようやく離してもらったと思ったのに、それは顔を見るためだけだ。

欲望にぎらつく眸はすべてを求め欲していると、言葉ではなく知らしめてくる。

「ア……アレク、様」

「もっとだ、ヒナタ」

ふたたび唇が重なってきて、今度もすぐに男の情熱に巻きこまれる。

舌をじょうずに吸い出され、自分から突き出す格好の舌先を男の歯が噛み、喰らい尽くしてしまいたいというかのようにまたもそこを強く吸われた。

「ん……ん、ん……っ」

息が苦しくて、すでに頭がぼうっとしている。少しだけ緩めてほしくて、のけぞるほどに背を反らしたら、自然と後ろに上体が倒れていく。景色がくるりと変化して……次の瞬間、ヒナタの身体が強張った。

「……ヒナタ？」

こちらの異変に気がついたのか、彼が顔を離して問う。答えられず、目をいっぱいにひらいたヒナタは目の前の男をとっさに押し返した。

「どうした」

「……あ……っ」

一瞬視野に生じたのは愛するふたりを描いた絵姿。

この方が唯ひとり愛した存在がそこにある。

自分ではない。そうではない。自分はただの……。

「い、嫌っ」

必死にもがいて男の下から転がり出た。その拍子に床に落ちて、それでも這って逃げようとする。

自分じゃない。彼の最愛はあの方だ。

ひとときの慰みにされてもいいなんてごまかしだった。

だって、こんなにも心が痛い。

ヒナタは男が茫然とした隙に、無我夢中で走りはじめた。

「待て、ヒナタ！」

彼も身を起こしたようだが、こちらがわずかに速かった。

駆け寄って扉をひらき、部屋の外に走り出て……次の瞬間、意識が飛んだ。

視野のすべてが真っ白になる前に、自分を呼ぶ声が聞こえたような気がしたが、それもすぐに薄れて消えた。


目が覚めたと思ったのに、周囲は真っ白でなにもない空間が広がっている。まだ夢の中なのか。どおりで自分もふわふわと頼りない感覚だ。

なにともわからない空間で、しかしどこかから自分が呼ばれている気がする。

(あっちだ)

勘だけを頼みにしてヒナタはそちらの方角に漂っていく。

そうしてしばらくすると、光の輪の前に来た。

(ここをくぐればいいのかな)

なんとなくだがそう思う。

気づけば前よりもう少し自分の輪郭がしっかりしていて、身体を起こして地面らしき場所に下り、その輪を歩いてくぐり抜ける。

「……わっ」

まぶしさに一瞬目を閉じ、次にひらくと思いがけない光景が視野に映った。

夕陽を浴びた花の野原。これは以前に殿下と訪れた場所じゃないか。

驚きつつあたりを見回し、ヒナタはハッと息を呑んだ。

さっきまでいなかったのに、ついそこに誰かが座っているのが見える。

ほっそりした優美な背中。まさか。そんなわけはない。だって、あの方は……。

愕然として棒立ちになっていたら、その人物がゆっくりと振り向いた。

「……っ」

想像したとおりだった。あそこにいるのは肖像画で見知った姿。

「ようやく会えましたね」

容姿にふさわしい透明感のある響き。ユリアンはヒナタを見て笑いかけると、こっちに来てと手招きをする。

「ずっと呼びかけていたんです。あなたとお話ができてうれしい」

「え……」

「心当たりがあるでしょう」

「それは……でも、なぜ」

「その話をしたいんです」

ヒナタはふらふらとそちらに近づく。これがたんなる夢などでないことは、理屈ではなくわかっていた。

「ここに来て座りませんか」

ユリアンが自分の横を細い手で軽く叩く。ヒナタは彼にしたがって、言われるとおりに腰を下ろした。

「「あの」」

ふたり同時に話しかけ、その直後に口をつぐんだ。それからややあって、ヒナタがそろそろと口火を切る。

「あ、どうぞ」

「いえ、そちらこそ」

そんなやり取りをしたあとで、ユリアンがコホンと咳払いをして先頭に立つ。

「あなたにはたくさん無理をさせました。だけど、わたしはあなたに王宮に行ってもらいたかったんです」

「それは、あの……どういうわけで？」

ユリアンはちょっと困った顔をして「驚かないで」と前置きした。

「じつは、あなたは転生後のわたしなんです」

「え」

ヒナタはぽかんと口をひらいた。

「あ、いえ。転生後のわたしというのは語弊があります。正しくは、わたしを前世に持つあなたでしょうか」

しばらくはなにも言えず、思考も止まったままだった。

「殿下から転生術に関して、あなたもお聞きになったでしょう」

ようやく頭が追いついてきて、ヒナタはこくんとうなずいた。

「転生術はいちおう成功と言えるでしょうが、わたしはその後の七年間は魂だけでさまよっていたみたいです。あなたが産まれて、ようやくわたしはあなたを通じて外界を見聞きすることができたのですが、それはいつも一方通行のままでした」

「つまり……僕があなたを感じることがなかったという?」

あまりにも驚いたので、相手に対して使う敬語が抜けていた。しかし、ユリアンはそれを気にする様子もなく「そうですね」と言ってくる。

「あなたは前世の記憶を持たない。けれども完全に一方通行というわけではなく、なんとなく程度の気持ちは送ることができました」

「それで僕に勉強をさせ、王宮にあがらせた?」

「いいえ。決してあなたを操っていたわけではありません。勝手なことをと思われるかもしれませんが、あなたの魂もそれを望んでいましたから」

「それは……僕の魂がそもそもあなた自身だから？」

「そうではないのです。魂こそおなじですが」

ユリアンはあいまいな表情で言葉を継いだ。

「だったら、どうしてもっと早くにあなたとお話ができていなかったのでしょう。でも実際には、わたしがどんなに呼びかけても、うっすらとしか届かない。ずっとなぜなのかと疑問に思っていたのですが、いまここでようやく理解できました」

ヒナタは少しも理解できない。これもふたりの出来の差だろうか。

「ああ、すみません。自分だけわかったふうなことを言って。でも、これはきっとわたし自身が長いあいだ魂だけでいたためでしょう」

ユリアンが静かに笑う。その微笑みが哀しそうで、ヒナタの胸が狭まった。

「転生術は成功しました。いちおうは。わたしがそう言うのは、あなた自身の生命力がとても強くて、その輝きに圧されたからいちおうなのです」

「それは、どういう？」

「いまここでお会いできたあなたは、とても強い輝きを発しています。あなたはわたしの影として転生してきたのではない。おなじ魂を持つあなたは、むしろわたしを影としたみたいです」

太陽が天にある時間には月がほとんど見えないように。ユリアンはそう言った。

「それも当然かもしれませんね。前世にわたしを持つとはいえ、あなたはあなたの人生を生きるためにこの世に産まれてきたのですから」

話してみれば、ユリアンは賢く、おだやかで、控えめなひとだった。

なのに、自分は一方的に嫉妬の情をおぼえたのだ。到底このひとには敵わないと勝手にすねて決めつけた。

思えば、猛烈な罪悪感が湧いてくる。

「どうしました？」

ユリアンが小首を傾げる。

「なにかご不快なことを言ってしまいましたか」

「いえ……いいえ」

恥ずかしくてならなくて、いますぐどこかに逃げていきたい。けれどもそれはできなくて、おずおずと口をひらいた。

「すみません。僕はあなたに嫉妬しました。あの部屋でアレク様とユリアン様の絵姿を見たときに、自分とくらべて劣等感をいだいたんです」

さらに頭が下がっていく。もう本当に穴があったら飛びこみたい。

「こんな僕があなたとおなじ魂を持つなんて。せっかく転生の術まで使って、なのに僕は」

膝の上で握ったこぶしが無様に震える。ユリアンはちらりとそれに目をやって、

「ねえ。ヒナタ様。わたしはあなたを抱き締めてもいいでしょうか」

返事を待たず、彼はヒナタに細い腕を巻きつける。

「わたしこそあなたに嫉妬していました。いつも元気で、頑張り屋さんで。皆に愛され、可愛がられるあなたを羨んでいたんですよ」

本当なんですとユリアンが言う。

「殿下とのやり取りもわたしはずっと見ていました。あなたに惹かれていく殿下を見るたび、どうしていまここにわたしの身体がないのかと無茶なことを考えました」

「ユリアン様……」

「でも、わたしはわたし。そしてあなたはあなたです。わたしが前世で亡き者にされたとき、これも運命かとすぐあきらめてしまいました。でも、あなたならなんとかしてギリギリまで頑張るでしょう?」

殿下のお傍にいるために、とユリアンが言う。

「あなたのそういうところにきっと殿下は魅せられているのでしょうね。なにしろあの方いわく『びっくり箱』らしいですから」

静かに澄んだとてもやさしい声だった。

「じつはわたしもあなたのことが好きなんです。あなたが産まれたところからずっと見守っていて。殿下が死に別れた魂を恋しい恋しいと嘆くから、あなたはいつも一生懸命努力してお傍に行こうとしていましたね。わたしは裏表のない明るい性格のあなたが好きです。あなたが羨ましいし、焼き餅も焼きましたが、それでもあなたは愛すべきひとですから」

「ユリアン様」

もう我慢できなかった。こんなにも美しい心のひとがどうしてこの世からいなくならなきゃいけなかったのか。誰がこのひとをアレクシス殿下から引き離したのか。

「泣かないで」

彼が子供をあやすように背中をとんとん叩いてくる。

「あなたこそが……あの方の傍にいるべきひとだったのに」

嫉妬ではなく、自己卑下でもなくそう思った。

伴侶の儀さえ終えていれば、この方が亡くなることはなかったのに。

「そう言ってくれるのはうれしいですが、わたしの生はもうおしまいになりました」

言ってから、わずかに身を引き、ヒナタに目線を合わせてくる。

「それよりあなたです。いまの状況がわかっていますか」

記憶を探って、あいまいに首を振る。

「部屋を飛び出して、それからは……」

「おそらくあなたはどこかに拉致されてしまったのだと思います。その過程で意識が飛んだから、わたしがあなたに割りこめたようですね」

しばし考えて、ヒナタは自分の考えを口にする。

「侍従殿はユリアン様の部屋に僕を入れました。僕が扉をひらけるか試したとも思えます。僕は難なく開けてしまって」

「そのために、あなたは殿下にとってたんなるお気に入り以上の存在だと確信された」

「はい。侍従殿はあなたの絵姿を僕とくらべて印象づけた。気にした僕がまた部屋に来るんじゃないかと。実際にはあなたに呼ばれたのですが、結果としては相手の読みどおりになりました」

「ヒナタ様を拉致した相手の見当がつきますか」

「いえ……ただ、侍従殿の背後には誰かいる。あと、ベルツ侯爵の不正事件を調べていたので、ベルツ侯爵と神殿長がなんらかのはたらきをしたのかと予想しますが」

「そうですね」

ユリアンはひととき考えこむふうだったが、ややあって強い眼差しをヒナタに向ける。

「わたしもそう思います。それには理由があるんです」

「それは、どのような？」

「先代ベルツ侯爵は、対立していた侯爵家――つまりわたしの家ですね――が目障りでした。それで、さらなる勢力拡大を図って、自分の末娘を殿下の伴侶にさせようとしていたのです。そのためにわたしは以前からちいさな嫌がらせをちょくちょく受けていたのですが」

社交の場で衣装の不備を指摘されたり、招待リストからわざと外されたり、ほかにも根拠のない悪い噂をばらまかれたり。そうしたことがあったのだと彼は言う。

「そんな、ひどい」

「本来なら殿下に相談すべきなのかもしれませんが、わたしはいじめられたと泣きつくのがためらわれて」

つまらない見栄でしたとユリアンは言う。

「それに、当時もベルツ家は権勢を誇っていて、疑いをかけるのには動かせない証拠がなければ無理でした」

「アレク様のほうで、そんなやり口を気づかれていたとかはありませんか」

「ええ。薄々はお気づきでおられたと思いますが……わたしが亡くなったので、いじめのことどころではなくなったみたいです」

「あの」

迷ってから、思いきってヒナタは聞いた。

「ユリアン様が害されたときのことをなにかおぼえておられますか」

「さほどには。突然空間がこじ開けられたように歪み、すぐにそこから黒い霧が吹きつけられて……あとの記憶はありません」

「そうですか」

悔しい、と焼けつくようにヒナタは思う。この方を害し、殿下を弱らせた犯人がいまだにわかっていないなんて。

「でもこれで二度目です」

唇を噛むヒナタの横でユリアンが静かに言う。

「あなたが不正の端緒を摑み、アレクシス殿下とヨハンネス様とを動かした。わたしを亡き者にし、ばかりかあなたを拉致すれば、殿下のお怒りはすさまじいものになります」

そのさまを想像し、おぼえずぶるっと震えてしまった。

無気力だったアレクシス殿下ならいざしらず、いまのあの方は荒れ狂う嵐のいきおいがあるだろう。

「でも……犯人はそれが怖くないんですよね」

「一度目はうまくいった。事実殿下の気力は落ちた。それが過信に繋がっているのでしょう」

言って、ユリアンは宙に視線を投げあげた。

「そろそろあなたが目覚めそうです」

「また、ユリアン様とお話ができますか」

彼はゆっくりと横に頭を振ってみせる。

「わたしは少し……疲れました。こうやってあなたと話をするために、力のほとんどを使ったようです」

元々ひ弱で、いくじのない質《たち》だったのです。自嘲というにはあまりに儚《はかな》げな微笑みに、ヒナタは喉を詰まらせた。

「あなたの中でわたしはしばらく眠っています。とても深い深いところで」

ですが、と彼がヒナタをぎゅっと抱き締めてくる。

「これでお別れじゃありません。いつか……あなたの時が果てる前にはお会いしたいと思います」

「ユリアン様……」

それしか言えない。

「ずっと見守ってきて……わたしは、あなたが大好きです。どうか……わたしのぶんまで……殿下のお傍に……」

彼の姿が徐々に薄くなっていく。どうにか留めておきたくて抱く手を強くしたけれど、消えゆく彼を止めることはできなかった。

「あなたが言ってくれたでしょう……わたしはいなくなってはいません……ただ、見えないだけ……また……いつか、会いましょう……」

「ユリアン様っ。絶対ですよ、絶対にまた会いましょうっ」

ヒナタが声を絞ったとき、ざあっと彼の姿が崩れた。

銀の粉は夕陽を浴びて花々とおなじように朱金に染まり、やがてちりぢりに散って消えゆく。

あとにはただ自分ひとりがいるだけだ。


「ユリアン様……！」

叫んだ瞬間、ヒナタの目がぱちっとひらいた。そのつもりであったけれど、実際には目蓋は動かず、指一本持ちあがらない。

どうやら現実に戻ったらしいが、状況はとてもいいとは言い難い。

両手首を前で縛られ、床の上に転がされている感覚がする。空間を飛ばされたためだろうかまだ全身が痺れていた。

意識はあるが、動けないヒナタの耳に見知らぬ声が入ってくる。

「なあ、いつまで待たせるつもりだろうな」

「俺に聞くな」

「このまま放置されたんじゃ割に合わねえ。まさか俺たちごと」

「シッ。滅多なことを言うんじゃねえよ。あの方が俺たちを捨てるわけがねえだろう。そんな真似すりゃあの方だって」

そこまで聞いたとき、突然なにかが軋《きし》むような音がした。たぶん、扉のひらく音、それから重そうな足音だ。

「おい、こいつを消せ」

声でわかった。入ってきたのは神殿長だ。ヒナタは気力を振り絞り、目をひらいて彼を見た。

よほど急いできたのだろうか、いつもは隙なく巻かれている豪華な帯は崩れているし、顔も汗ばんでいるようだ。

「たったいますぐ。証拠をいっさい残さずに消してしまえ」

怒鳴り声を浴びせた相手は、さきほどふたりで会話をしていた男たちだ。

「あんた、魔道をなんだと思ってるんですか。そんな都合のいい術なんてありませんぜ」

「御託はいい。とにかくやれ。いますぐだ」

唾が飛ぶほどわめいたが、相手は冷たい表情だ。

その暇にも、活路をなんとか見出そうとヒナタは必死にもがいたが、何度も足で押し蹴ってはじりじりと床を移動していくのがやっとだった。

「消せと言うなら消すのはやぶさかじゃありませんが、あのお方が俺たちに命令したという証《あかし》くらいは欲しいですね。ご本人はいまどこに？」

問われた神殿長は顔を歪めて怒声を発する。

「いまはこちらに来られないっ」

「では、書付けを」

「そんなものは持っていない！」

「それじゃあちょっと困りますぜ。あの方、もしくはいつも来られる伝令の方が来るまで仕事は待たせてもらうんで」

「だから、ここには来られないと言ってるだろう」

神殿長が顔を真っ赤にして、相手に指を突きつける。

「いいか。わしは神殿長だぞ。偉いんだ。四の五の吐《ぬ》かさずさっさとやれ」

「そう言われましてもねえ」

鼻で笑って男が返す。

「そこのガキは王太子のいまいちばんのお気に入り。そいつを消されてかんかんに怒った殿下は、草の根分けても下手人を探すでしょうよ」

もうひとりの男もその横から口を挟んで「そうですぜ」とうなずいた。

「しかも、そいつは次の伴侶候補だって噂されているんですぜ。そんな危ない橋は、俺たちと一蓮托生の飼い主以外とは渡れねえなあ」

「次の伴侶候補など、おりはせん」

猛烈ないきおいで神殿長がやり返す。

「竜の血を引く連中は、たったひとりとしか番《つがい》を作らぬ。その番が死ねば、その後は弱体化したままだ。伴侶候補でなくとも、それに近いお気に入りが死んでしまえば、さらに生きる力が削れる。情に足を取られる、それがやつらの最大の弱点だ」

聞いて、頭に血がのぼった。こんな下衆《げす》な目論見でユリアンは殺されたのか。アレクシス殿下を弱らせ、その隙に私利私欲を満たそうと。

このままでは済ませない。怒りがヒナタの覚醒をうながした。

身体が熱くなり、それを力に変えて自分の上体を床から起こす。

「神殿長」

怯《おび》えて縮こまっているとばかり思っていたヒナタが、その場に起き直り、どころか自分を睨みつける。その行為が意表をついたか、さっきまで息巻いていた神殿長が驚きに目を瞠る。

「お、おまえっ」

「ユリアン様はあなたが殺したんですね」

すべての気力を奮い立たせ、真っ向から相手の罪を突きつける。

「ユリアン様はご実家の屋敷内で、猛毒を吹きつけられて亡くなった。それもあなたがしたことですね」

「なんでそれを……」

つぶやきを洩らしてから、神殿長はしまったという顔をする。

「違うぞ。わしはなにも知らぬ」

ヒナタは横に首を振った。そうして強い眼差しで相手を射抜く。

「やはりあなたが殺したんだ。ユリアン様を。そのためにアレクシス殿下がどれくらい苦しんだのか」

　生まれてこのかた感じたことがないほどの怒りがヒナタの全身を包んでいる。

「アレクシス殿下の力を削ぐことは、国を売るも同然の行為です。人々の尊敬を受けるはずの神殿長でありながら。あなたには信者の上に立つ資格などない」

「わ、わしは」

「アレクシス殿下に、この国の民たちに、あなたの罪を明らかにしてください」

「わしじゃない。命令を下したのは先代ベルツ侯爵だ！」

　言ってから、ハッと目を剥く。

「そ、そうじゃない。いまのは無しだ」

「それはちょっと聞けませんねえ」

　狼狽《ろうばい》する神殿長の脇を抜け、ふたりの男が前に出てくる。

「このガキにその名前を聞かせた」

「聞かれた以上、放ってはおけないんで」

　凄まじい悪意を放つ男たちが黒マントの内側に手を入れる。あわてた神殿長が大声でそれを止めた。

「まさか毒の霧を撒く気なのか。馬鹿者、わしもいるだろうが」

「俺たちはかまいませんぜ」

「まあこのへんが観念しどころじゃないんですかね」

「わしがかまう！」

「馬鹿、馬鹿、やめろっ」

男たちの殺意はまぎれもなく本物で、自分は確実に殺される。

もう、駄目なのか……。

絶望に目の前を暗くして、一瞬あきらめかけたけれど。

いや、まだだ。最期まで生きようとするこの気持ちを手放さない。

あのひとに別れの苦しみをあたえたくない。もう二度と。絶対に。

どうにか……なにかないのか。

必死で思考をめぐらせて、その直後自分の首元の感触に気がついた。

お守り、と殿下は東屋で言ったのだ。なにか念を込めてくれた様子もあった。

だったら、試す。あのひとのところまでかならず生きて戻るために。

どうか守って。お願い助けて。

「アレク様……っ」

刹那、ヒナタを中心に光が弾けた。

「うわっ」

自分も目がくらんでしまい、どうなったのかわからない。誰かが尻餅をついたような音はしたが、それもはっきりしなかった。

しかし、ほどなくまぶしさが消えていき、すると部屋の状態が目に映る。

室内は大きな風が吹き荒れたかのありさまで、ちいさな窓しかない小屋のようなこの中はめちゃくちゃになっており、黒マントの男たちも壁際に飛ばされていた。

一瞬で変わった様子にヒナタが思わず瞬きしたとき。いきなり小屋の戸口あたりが吹き飛んだ。

この衝撃で扉はこなごなに砕け散り、破片がばらばらと落ちてくる。そして、木の欠片《かけら》を払いもせずにそこから荒々しくひとりの男が踏みこんできた。

「ヒナタ、おまえ、ふざけるな」

漆黒の髪を乱したその男を目に入れるなり、ヒナタの胸に熱いものが込みあげる。

「俺は言ったな、待て、と。離れるなと」

ずかずか内部に押し入って、まっすぐヒナタへと近づいてくる。

こんなにも怒りまくっているアレクシス殿下の姿はこれまでに見たことがない。会えたうれしさはいっきに薄れ、ヒナタは「ひえっ」と悲鳴を洩らした。

まずい。めちゃくちゃに怒ってる。どうしようとあせっていると、その男は膝をつき、口調と表情には似合わない丁寧さでそっとヒナタを抱きあげる。その際に魔法を使ったのだろうか、手首を縛っていた縄が触れることなく解けて落ちた。

「大丈夫か」

「は、はい」

「生きているな」

「生きています」

答えたらほっとして、そうしたら涙が滲《にじ》んだ。

「おまえはまためそめそして。そんな顔を見てしまったら叱れなくなるだろう」

言いながら、ヒナタの頬に自分のそれを寄せてくる。

「心配したんだ。生きた心地がしなかった」

あやまろうとして、ヒナタは違和感に気がついた。

自分を抱き締めているこの腕が……震えている？

ハッとして見上げれば、彼の眉根はきつく寄せられ、たったいまも痛みを感じているかのような表情が目に映る。

「すみません。ごめんなさい。アレク様……っ」

「もう二度と俺から離れるな」

「はい……っ、あなたから離れません」

「おまえを俺から奪う者は赦さない。なにもかもを滅ぼしてでもおまえを傍から離さない」

妄執とも呼べる激烈な感情の吐露だったが、このときヒナタが感じたのは、怯えではなく彼への慕わしさだけだった。

「アレク様……」

彼の眼差しは黒い炎に見紛うほどの激しさで、ヒナタはその熱で自分が熔けてしまいそうな感覚に襲われる。

こんなにも彼から求められるなら、たとえ燃えて熔けてしまってもかまわない。

「ヒナタ」

見つめ合い、アレクシス殿下がさらに顔を寄せてきたときだった。

小屋の壁際で誰かが動く気配がした。

危機感がヒナタの視線をそちらに動かす。と、その直後。

「邪魔するな」

言いざまに彼が軽く顎を動かす。刹那に小屋の壁二面が吹き飛んだ。

あっと思う暇もなく猛烈な風が起こり、それがしばらくすると、はじまりとおなじくらい唐突に静かになる。

木材や、さっき壊れてそこらに落ちていた残骸や、黒マントの男たちと、おそらくは神殿長までまとめて飛ばされてしまったらしい。

風圧が収まって、ギシギシ不穏な音を立てる小屋の残りはある意味さっぱりした状態だ。すさまじい威力。これが竜の血を引く王族の力なのか。

「いまのはベルツの手下だな。殺してやってもよかったが、証人を残さないとヨハンネスがうるさいからな」

なんでもないように彼が言う。

ヒナタは『ベルツ』の家名を聞いて、大事なことを思い出した。

「アレク様、お聞きください」

「なんだ」

「さっきわたしは神殿長から聞いたんです。ユリアン様を害したのは先代ベルツ侯爵だと」

「あの男がみずからそう言ったのか」

「はい。自分じゃない、先代ベルツ侯爵だと。そうしたら、黒マントの男たちが聞かれた以上放っておけないと言い出して、わたしは……首飾りにお願いして、それで助けてもらいました」

かなり端折ったが、とりあえず伝えたいことは口にした。アレクシス殿下は「そうか」と言ったきり、感情の読めない顔でしばらく沈黙していたけれど、やがて気持ちを切り替えるふうにして頭をひとつ横に振った。

「その沙汰はかならず。だが、いまはひとまずおまえを」

言いかけたとき、かつて戸口であった場所からぜいぜいと苦しげな呼吸が聞こえ、次いでヒナタがよく知っている声がする。

「殿下、先行しすぎです。爆発音があったから、それを目当てに来られたものの」

それから大きく息を吸って「ヒナタ君、どこか怪我はないですか」と抱かれた格好のこちらに問いを投げてくる。

「はい。アレク様に助けていただいて無事でした」

ヨハンネスの登場で、ようやくヒナタに現実感が湧いてくる。

「申しわけありません。ご迷惑をかけてしまって」

恐縮してあやまれば「迷惑なんかじゃありません」と即座に相手が返してくる。

「迷惑と言うならば、それは殿下のほうですよ。あなたがいなくなったあと、ベルツ侯爵を呼び出して詰問し、あげくに侯爵ごと部屋を吹っ飛ばしたんですから」

「あ」

それで、神殿長は侯爵が来られない、伝言もないと言ったのか。

「やめろ、大げさに吹聴するな。ヒナタが驚いているだろう。あの部屋は壊したが、いちおう侯爵は生かしておいたぞ」

しれっとして殿下がうそぶく。

「当たり前です。今度の件の重要な証人ですよ」

「わかったわかった。おまえの言うとおりだ。だから、その当たり前ついでに、そこらにいた神殿長も生かしておいた。そっちは」

「神殿長は同行した騎士たちが捕縛しました。魔道士の二人組も同様です」

そうか、よかった。ひとまずは。思ったら、くらりと目の前が回転した。

あれ、止まらない。ぐるぐる回って気持ちが悪い。

「ヒナタ!?」

あ、大丈夫です。すぐに落ち着くはず……ですから……。

言ったような気もするが、血相変えて自分の名前を呼んでくる男の顔を見たのを最後に、ヒナタの意識は途切れてしまった。


ヒナタが目を開けたとき、白い天井が目に入った。

(また、ユリアン様とお会いした場所に来たのか)

そう思ってから、気がついた。

ここはあのときのなにもない空間じゃない。白い天井には梁《はり》があるし、視線をずらせば窓掛けの布がそよいでいるのが見える。

どうやら自分は窓以外の三方を衝立に囲まれて、寝台に寝かされているようだ。

ただ、アレクシス殿下の寝所の片隅にある自分の仮囲いの場所とは違う。

「ここは、どこだろう」

独り言でつぶやくと、思いがけず返事が戻る。

「王宮の治癒室ですよ」

衝立の向こうから現れたのはヨハンネス。とっさに起きあがろうとして「ああ、駄目ですよ」と止める仕草で制された。

「無理はしないで。寝ていてください」

ヒナタがふたたび枕に頭をつけたのを見届けてから、自分は寝台の脇に置いた小椅子に座る。

「気分はどうですか」

「なんともないです。むしろ、よく寝たあとに目覚めた朝とおなじくらいにすっきりしている感じです」

「それはよかった。治癒の術がよく効いたようですね」

「あの」

「いろいろ聞きたいことがあると思いますが、いまは簡単に説明しますね」

ヒナタの気持ちを先取りして彼が言う。

「まず、あれから三日経っています。ベルツ侯爵と神殿長は、それぞれが監視付きの塔に監禁されています。あの場にいた魔道士たちは捕縛後まもなく自決しました」

それでなくても侯爵絡みで殿下が部屋を壊しましたし、宮廷内は蜂の巣を突《つっ》いたみたいに大騒ぎになっていますよ。

なんでもないことのようにヨハンネスは明かしてくる。

「先代ベルツ侯爵は、いまは亡くなってこの世にはおりませんので、あの件は直接責任を問えませんが、侯爵家としてなんらかの処分はあると思います」

あの件とは、ユリアンが先代の命令で毒殺されたことだろう。

ヒナタは真剣な表情でうなずいた。

「そのほかの質問は」

「え、と……。アレク様はどうされておられるでしょうか」

大きな力を使ったのはきっと久しぶりなのだろうし、その後具合が悪くなってはいないだろうか。そう思って訊ねてみたら、ヨハンネスは苦笑した。

「すねています」

「すねて……？」

「あなたがなかなか目覚めないので、無理に起こそうと揺さぶったんです。もちろん殿下の暴挙にはものすごく治癒師が怒って、この部屋から追い出しました。当然その後は出禁をくらって、いまはきっと執務室にいるはずですよ」

檻の中の獣みたいにイライラしながらぐるぐる歩いていますけどね。面白そうに彼が付け足す。

「じゃあ、お元気でいらっしゃる」

「困るほどにね」

よかった、とひとまず胸を撫で下ろす。

「殿下のことはともかくとして、あなた自身に関しては？」

問われてヒナタは考えた。

自分がしていた執務室の手伝いはもう不要になるのだろうか。

できるならば、いままでどおりアレクシス殿下のお傍で仕事をしたいのだが。

それが無理なら、たとえどんな内容でも王宮に残れれば。

「この王宮内にいられたら、と思います」

迷ってから伝えると、彼は両眉をあげてみせた。

「それはまあ。確約でしょうね」

そちらについては殿下からお聞きくださいと彼が言う。

「なにしろ」

ヨハンネスが言いかけたとき、ふたりの耳に革靴の足音が聞こえてきた。

「うわ」

「なにがうわだ」

衝立を押しやって現れたのは、眼鏡の男が予想済みの人物だった。

「ヨハンネス、おまえだけがヒナタと面会できるのはずるいだろう」

「日頃のおこないの賜物《たまもの》ですね」

しれっと返されて、アレクシス殿下が眉間に皺を寄せる。

「前に治癒師が言っていたな。目が覚めたらひと安心だと」

だから、ヒナタは連れて帰る。アレクシス殿下はヨハンネスが止める暇をあたえずに、布団を剥ぐなりヒナタの身体を抱きあげた。

「あっ、殿下。おやめください」

「こいつは俺の寝所に寝かせる。治療があればそこまで来いと言っておけ」


治癒室からアレクシス殿下の寝所までは結構な距離がある。つまりはそれだけ人の目に触れる機会があるわけで、この国の王太子殿下が王宮事務官の下っ端を横抱きに歩く姿を数人ならず見られてしまった。

ただいまの宮廷は蜂の巣を突いたような騒ぎらしいし、それに話題を追加したような格好だ。

王宮にあがってのちに気づいたことだが、宮廷スズメの噂話は芽吹きの季節に吹き渡る突風よりも速くめぐる。きっと今日明日中には宮廷のほとんどの人達がこの一件を知るだろう。

(でも実際には、そんな噂を耳にしたことはないんだけれど)

ここしばらくのヒナタは、殿下の執務室と、殿下が食事をする場所と、殿下の寝所で暮らしていた。

つまりは、アレクシス殿下の覆いの下で過ごしていたのとおなじであり、こちらになにかを言ったら即王太子殿下の耳に入ってしまう、そうした判断で避けられていたのだろうか。

あながち間違いとは思えずに、ヒナタが複雑な気分になっているうちに、アレクシス殿下の寝所まで着いたようだ。

「ここで寝ていろ。調子が悪いと思ったらすぐに言え」

漆黒の髪の男はヒナタを自分の寝台に横たわらせると、丁寧な手つきで上掛けを掛け直した。そうして自分はそのすぐ脇から立ったまま見下ろしてくる。

まるで、ヒナタがあっという間に寝台から消え失せてしまうのを恐れてでもいるかのようだ。

「「あ」」

凝視される気まずさに耐えながら、思いきって口をひらけば、彼と声がかぶってしまった。

あわててヒナタがそこでやめると、ややあってから相手のほうが「それでは」と仕切り直す。

「俺がひと言、おまえがひと言、そのあとで話をしよう」

「はい」

「じゃあ俺からだ」と彼がまずは口火を切った。

「あの部屋でのこと、おまえがあんなに必死になって逃げるほどに、俺は嫌な振る舞いをしたんだな。今後はあんな真似はしない。だから俺から逃げないでくれ」

次はおまえだとアレクシス殿下が言う。

ヒナタは身を起こし、背筋を伸ばすと、最初に伝えたい言葉を選んだ。

「まずは感謝申しあげます。あなたがくださった首飾りのお守り、あれのお陰でわたしは命拾いしました」

これでひと言。このあとは絶対に伝えておきたいことを言う。

「あの部屋でアレク様がなさったことは、決して嫌じゃなかったんです。ただ、わたしは……」

「ただ、なんだ」

真剣な面持ちで彼が問う。ヒナタは自分の心を探り、できるかぎり正直に言おうと思った。

「ひとときの慰みの相手でもいいと考え、ですがあのときにアレク様とユリアン様の絵姿が目に入って……そうしたら、逃げ出したくなってしまって」

殿下は両眉をあげたあと、ため息を吐き出した。

「聞きたいことと言いたいことがあるんだが、おまえにまずは聞いておこう。おまえはなぜ自分のことを慰み者のように思った」

「それは……以前にそう言われていて。殿下は美しい方々をときどきはお召しになったと。ですが、しょせんユリアン様には及ばない、わたしも気まぐれの相手でしかないのだと」

「はっ。そういうくだらないことを言ったのは侍従だな。その釈明もしたいんだが、まだ聞きたいことがある」

そう前置きして、殿下は真っ向からこちらを見る。そうしてずばりと切りこんできた。

「ヒナタ。おまえこそが転生者だな」

言われてその場で固まった。

なぜわかったか問いたいが、驚きに言葉が出ない。

知っていた？　でも、どうして？

自分だって、攫われて意識を失い、そのときにユリアンから教えてもらって知ったのに。

絶句するヒナタの前で、殿下が軽く肩をすくめて口をひらいた。

「そもそもだが、心当たりがありすぎた。もっと早くわかってもよさそうだと、ヨハンネスあたりなら言いそうだが、なぜだか確信を持ちたくないと思っていたんだ」

「それは……？」

「おまえはユリアンに似ていない。まったく違う存在だ」

理由を教えてほしかったが、この答えはつらかった。ヒナタは自分の膝上に視線を落とした。

「おまえは元気が良すぎるし、俺に不意打ちを食らわせすぎる。百面相は面白すぎるし、一生懸命にはたらきすぎる」

そのどれもがあれとは違うと彼は言う。

「俺はおまえをあれの代わりと思えなかった。おまえはこの世でただひとり。本気でそう感じていたから」

聞いて、ヒナタはおずおずと首をもたげる。

代わりじゃない。ただひとり。本当にそう思ってくださったのか。

「俺が確信を持ったのは、おまえがあの部屋から飛び出してどこかに飛ばされたときだった。おまえが目の前から消えてしまって、俺が味わったあの痛みは、自分を半分に切り裂かれるのとおなじだった。それで俺はいままで目を背けていた事柄といやおうなく向き合わされた」

「殿下は……わたしが転生者でなかったほうがいいのですか」

「いや」と彼は言ってから、真剣な面持ちで聞いてくる。

「おまえこそ、俺の伴侶の魂を持って生まれて、嫌だとは思わないのか」

ヒナタは「いいえ」と相手の顔を見て言った。すると、殿下は目を細め、それから自身の顎のところに手をやった。

「……と、いまさら気づくとは、俺もたいがいうかつだな」

おまえのことだとずいぶん勝手が違うんだ、彼はそうぼやいたあとで問いかける。

「おまえ、その様子だと自分が転生してきたことを知ってるな。いつそれがわかったんだ」

「それは……」

ヒナタは空間移動のときに意識が飛んで、その最中にユリアンと出会ったことを打ち明けた。

「ユリアン様は僕をずっと見守ってくださっていたんです」

話しているうちに素の口調に戻っていたが、彼は咎めはしなかった。

「僕があなたに嫉妬しましたと言ったときも、ユリアン様は少しも気を悪くしなかったんです。自分も焼き餅を焼いていたとおっしゃって、そのうえ僕が好きだとも」

その折にあったことを隠さずに話して聞かせる。彼はヒナタの言うことに、静かに耳を傾けていた。

そうしてすべて語り終えて、それまで黙って聞いていたアレクシス殿下が低くつぶやく。

「……そうか。あいつはいま、おまえの中で眠っているのか」

「はい」

うなずく拍子に頬をなにかが滑っていった。すると、彼は上体を傾けてこちらに手を伸ばしてくる。

「泣くな、ヒナタ」

やさしい手つきで頬を拭い、それから隣に腰を下ろした。

「もしも俺を想ってのことだったら、そんなふうに泣かなくていい」

彼はヒナタの後頭部を右手で摑んで自分の胸につけさせる。そうして大きな手のひらで背中をやさしく撫でてきた。

「あいつが苦しまずに眠っているならそれでいい。そいつを聞いて吹っ切れた。俺はいま、自分の気持ちとようやく折り合いがつけられたんだ」

「アレク様のお気持ち……」

このつぶやきは独り言に近かったが、彼は「ああ」と応えてくれる。

「おもに罪悪感や、自分の無力さへの腹立ちとかだ。それがこの件を終わったことにさせなかった」

だが、とアレクシス殿下は言う。

「あいつはおまえに自分のぶんまでと言ったんだろう。あいつは自分の運命を受け入れた。だったら、俺も過去にはとらわれず前に向かって進むだけだ」

そう告げる彼の声音に翳りはなく、ここでひとつの決着をつけたのだと思わせた。

「ところで、だ」

「はい」

まだ大事な用件が残っているのだ。ヒナタが気持ちを引き締めて聞く姿勢をととのえれば、彼がこちらの胸あたりに視線をやりつつ問いを投げる。

「ヒナタ、おまえ。自分の変化に気づいているか」

「え?」

「その様子だと知らないか」

言ってから、少しばかり面白そうな声を出す。

「おまえ、きっと自分の胸に消えない徴《しるし》が刻まれてるぞ」

今度の「え?」はびっくり度が増している。ヒナタはあわてて身を引くと、アレクシス殿下には見えない位置へと肩を回す。そうしてこわごわ衣服をはだけてその中を覗きこむと。

「えっ」

三度目の驚きは仰天に近かった。

なんだこれは。なんでここに。ヒナタの胸にあったのは小指くらいの大きさの赤い痣《あざ》。そしてそれはまぎれもなく身をくねらせる竜のかたちだ。

「あっただろう」

言われてヒナタは動揺を抑えながら振り向くと、上目遣いにアレクシス殿下をうかがう。

「あのう。いつからこんなことに」

「俺が口づけたあのときだ。その徴はもう絶対に消えないぞ」

断言されて、ヒナタは視線をうろつかせる。

絶対、ということは一生これがくっついたまま?

「ええと。これはいったいなんの徴なんでしょう」

「俺の伴侶ということだ。俺と神竜に認められた伴侶の証だ」

「えええ……っ」

「嫌がっても取れないぞ。俺たち竜の血を引く者が唇に口づけすると、その徴が生まれるんだ」

「嫌だ、とは思いませんが」

驚くあまりにかえって平静な声が出る。

「それは、初めてお聞きしました」

「そいつは当然だ。直系の王族たちだけが知る秘密だからな。だから、俺のものだというその徴はおまえだけが持っている」

聞いて、ヒナタは首を傾げた。

「ですが、その」

言いにくい内容だが、やはり知っておきたかった。

「どうして僕ひとりなのでしょう。これまでに聞いたこととは違うように思います」

伴侶候補のユリアン様はもちろん、そういうお相手を召されていたと聞いていた。だったら、すでに徴を持っている誰かがいても不思議はないが。

聞くと、彼は気まずそうに視線をそらした。

「転生者がどうしても見つからず、なにもかもが虚しくなったときのことだ。相手も納得しての遊びで、口づけはしなかった」

それは、まあ……理解できなくもないのだが、ひとつ疑問が残っていた。

教えてほしくて、しかし、これを口にするのは抵抗がある。

もう嫉妬の心を持たないつもりではいたけれど、あの方とはどうだったのか、聞きたい気持ちとそうしたくない気持ちとが半々だ。

「そう……ですか」

中途半端な言いようになってしまった。

やっぱり聞くのはやめよう。

ヒナタがそう思ったとき、アレクシス殿下がぼそりと声を落とした。

「あれとも口づけはしなかった」

ヒナタは驚いて目を瞠った。

「え。ですが」

「王家の血筋に近いあいつには最初から話していた。唇に口づけすれば竜の痣が現れると。どうしたいか俺があいつに訊ねたら、伴侶の儀まで待ってほしいと言ったんだ」

だから、唇には口づけをしなかったと彼は言う。

「でも……どうして」

おぼえずつぶやく。アレクシス殿下はちょっと肩をすくめてみせた。

「あいつの本心はわからない。ただ、迷う気持ちはあっただろうな。なにしろひどく勇気の要る行為だから」

「勇気、ですか」

「ああ。一度徴が刻まれたら二度と消えない。大きな変化に巻きこまれて戻れない。それを不安に思う気持ちも理解できないことはない」

それはわかるとヒナタは思った。

一度踏みこめば、二度と戻れない大きな変化だ。元々身体が弱く、静かな生活を好んでいたなら、いよいよ決心がつくまでは待ってほしいと思うのも無理はない。

そこまで考えて、ヒナタは「あれ？」と首をひねった。

「あの。アレクシス殿下」

「なんだ」

「わたしは聞かれていないのですが」

この手の説明もなかったし、口づけしていいかとも聞かれなかった。

しかし、彼は「ちゃんと言ったぞ」と胸を張る。

「え。でも………そういえば」

──ヒナタ、いいか。俺はおまえに口づけするぞ。

あの部屋でたしかにこの方はそう言った。

「ですが、竜の徴ができるとは聞いていません」

こちらも事実で彼に告げると、少しばかり気まずそうに視線を斜めに向けて言う。

「説明する余裕はなかった。ただそうしたかったから、口づけた」

そんな無責任な、と一瞬は思ったが、アレクシス殿下は視線を戻し、ヒナタを見つめてきっぱり告げる。

「前からずっとしたかった。あのときはその気持ちが溢れたんだ」

「その気持ち……」

「おまえが好きで、我慢ができないほど欲しかった」

（……僕が好き？　前からずっとそうしたかった？）

いま聞かされた言葉を呑みこみ、ヒナタの顔がじわじわと赤らんでくる。それを見た彼が頭を傾けて、こちらの目を覗きこんだ。

「それで、おまえはどうなんだ」

真摯な眼差しで問いかけられて、胸の鼓動が大きく鳴った。

「僕は……」

「教えてくれ、ヒナタ。俺をどう思っている」

それは……。

このときヒナタの心から嘘偽りのない情感が生まれ出た。

もう隠せない。隠したくない。好きが溢れて止まらない。

「あなたが好きです」

たとえ二度と戻れなくてもかまわない。自分の決心はついている。

「アレク様。あなたをお慕いしています」

「ヒナタ」

言うなり彼がこちらの身体を強く抱き締め、唇を塞いでくる。

「ん、ん……っ」

男の情熱がヒナタの全身を包みこみ、押し流す。以前あの部屋で口づけされたときとおなじ、いやそれ以上に燃えるような口づけだった。

「アレク、様っ」

ああ……駄目。そんないきなり激しくしないで。舌が……いや、いやらしすぎる……っ。

「う、ん……くっ……」

や……そんな、吸わないで……っ。息が、息が苦し……っ、う……ちょ、ちょっと……緩めて……。

「あ……っ」

「どうした、もっとか」

耳たぶを食《は》みながら聞いてくる男の響きの艶めかしさ。知らず背筋が震えてしまうし、呼吸ができなくて目が霞む。

「そんな……言え、ない……」

「なあヒナタ。俺と口づけするのは好きか」

言わせようとしているのがわかっていて、そしてすっかり蕩けてしまった自分はもう抵抗できない。

「……好き」

あなたが好き。心から好き。眼差しで訴えると、彼が目を細めつつこちらの頬を撫でてくる。

「俺も好きだ。心からおまえが愛しい」

それからまた情熱のこもった口づけ。

結局ふたりは夜が明けるまで口づけを繰り返し、翌朝になり治癒師を伴って寝室に入ってきたヨハンネスから呆れられ叱られた。

「ヒナタ君はまだ安静が必要な身体なんです。それをなんですか、朝まで寝かさなかったなんて」

「うんまあ悪かった」

「わかったら、即刻その腕のヒナタ君を手放して、寝台から下りてください」

「手放さないと駄目なのか」

「それはそうです」

彼はしぶしぶといった態でヒナタに回していた腕を解く。ヒナタのほうはといえば、真っ赤になって顔も上げられないありさまだ。

見られた。ヨハンネスだけじゃなく、治癒師にも見られてしまった。ふたりして抱き合って寝台にいる様を。

これは……下世話な言いかたをするならば、べたべたしている最中になるのでは。

穴があったら入りたいヒナタの気持ちをよそに、アレクシス殿下は身をかがめ、こちらの頬に口づけを落としてくる。

「ひゃ……っ」

「時間を見つけてここに来る。そのときには続きをしよう」

耳元でささやかれ、ヒナタの顔はますます赤くなってしまった。

「アレクシス殿下」

凍る声音がヨハンネスの心境を表わしている。

「はいはい」

恐れ入った様子もなく、彼が肩をすくめてみせる。

「ヒナタ、ゆっくり寝ていろよ」

寝台を下りてから、漆黒の髪を揺らして男が振り向く。

ひとときこちらに微笑んで、それから幾分嫌そうにヨハンネスに視線を向けた。

「過保護な母上殿、急ごうか。こうなったらやりかけのあれらをいっきに片づけるぞ」


それから五日が経って、ヒナタの体調も元通りに回復した。その間、ヒナタを見ればアレクシス殿下は口づけをしたがったが、ヨハンネスと治癒師からよほど諫められたのか、さすがにひと晩中それを求めることはなかった。

実際、あれほどの出来事があったから、アレクシス殿下はその件の後処理に忙しい様子で、夜半寝室に現れて、ヒナタを抱き枕にしてひととき仮眠するほかは休みを取っていないらしい。

ヒナタとしては、多忙なあの方と数時間しか会えないのは寂しいし、身体のほうも心配になるけれど、ほんの少しだけほっとしている気持ちもあった。

(だって、アレク様が傍にいると)

隙間時間を見つけては戻ってくるのか、何時とは決まらない時刻に来ると、彼はかならず何度となく口づけを浴びせてくる。

そのうえで、寝台にいるヒナタをしっかり抱きかかえて眠るので、そのたびにすっかり元気になった身体はあやしい反応を示してしまう。

拉致後にひと晩この寝室でアレクシス殿下と過ごした折も、じつは下腹に兆してくる感じがあって、それをごまかすのにひと苦労だったのだ。

(でも、これからは抱き枕になる以外にも)

なにかできることがあると思うのだ。

昼間にヒナタを診てくれた治癒師によれば、今日で治療は終わりだそうだ。そうなれば寝台で寝て待っている必要もなく、なにか仕事をもらえないかと頼むつもりだ。

「ああ、なんだ。そこにいたのか」

今日も深夜に戻った彼は特に疲れたふうもなく、寝室のソファに座って待っていたヒナタの隣に腰を下ろした。

「治癒師に聞いた。完全回復したそうだな」

「はい。ありがとうございます」

「こっちもいちおう目処《めど》がついた」

「と言いますと？」

「神殿長は職位を剥奪。今後は一神官として、辺境の神殿で奉仕活動をおこなわせる。ベルツ侯爵家は爵位を落として子爵家とする。これまでの領地は返上、代わりに農業主体のちいさな地域に移動させる。それに伴い、ベルツ子爵家は代替わりをおこない、前当主は幽閉の身とし、侯爵の妻であった者は実家近くの修道院に入れる予定。三人とも逃げ出せば即刻処刑だ」

「そう、ですか」

おそらくそれだけで済んで幸運なのだろう。爵位を無くして平民にされたわけではないのだし、子爵家になったとはいえ代替わりも認められた。だとすると、子息であるあの方は……。

「ベルツの息子が気になるか」

横目で見たら、殿下の唇が曲がっている。

「あ、その」

「代替わりを許したのは、あいつの行動によるものだ。おまえが攫われたと知ったとたん、誰の差し金かわかったんだな。その足で俺のところにやってきて、自分が知る限りの家の暗部を晒《さら》け出した」

「え。そんなことがあったんですか」

「ああ。あいつは下位貴族に落ちるのも、ちいさな領地に鞍替《くら》えになることも、少しも気に病んではいなかった。いっそさばさばしたと笑って、これからは新しく治める領地の発展に尽くすつもりと言っていた」

それはいかにもあの方らしい。前向きで正義感に溢れている彼ならば、どんな困難もきっと乗り越えられるだろう。

「ほっとしたか」

ヒナタはこっくりうなずいた。

「正直に言いますと、そのとおりです」

「あの様子ならいずれ会えるさ。まあ、俺としてはあいつが老人になってから宮廷にお目見えでもかまわないがな」

「そんな」

「冗談だ。だが、あいつのことなど頭の隅に寄せておけ。いまはもう少し近いところの話をする」

「はい」

アレクシス殿下からのお話を伺うべく、ソファの上で居ずまいをあらためた。

「おまえ、風呂に入らないか。療養中は風呂に入れなかっただろう」

予期せぬ言葉に、かまえていたぶん面食らってうなずいた。

「あ……はい」

そう言われればそうだった。治癒師が清浄の魔法をかけてくれていたから、いちおう身体は汚れてはいないはずだが。

「おまえもすっかり元気になったし、慰労も兼ねて風呂を用意させたんだ」

「え……わっ」

あらがう暇もなく横抱きに持ちあげられる。

「アレク様、歩けます。歩けますから」

「駄目だ。おまえは病みあがりの身体だからな。ふらついて転んだら大事だ」

彼はどうでも風呂に連れていく気らしい。真面目な話がもう少し続くのかと思っていたのに。

「あ、あの。アレク様はお疲れでしょうから、風呂場には僕ひとりでまいります」

できれば寝室で待っていてほしいなと思って告げる。

しかし彼から返ってきたのはそれ以上の言葉だった。

「気にするな。俺も気分転換に一緒に風呂に入るから」

「え、えっ」

「あそこは広いからふたりでもゆったりと入れるぞ」

「いえ、その」

ヒナタがもごもごつぶやくうちにも、彼はさっさと足を進め、ろくな反論もできないままにかつて通された大浴場へと運ばれていったのだった。


この風呂場に着いてからのアレクシス殿下の行動は素早かった。

脱衣の場所でヒナタを下ろすや、着ていた寝衣を手早く脱がし、湯浴み用の衣を着させる。あまりにもてきぱきと動かれて、そんな立場ではないのにとか、裸を見られたとか思っている暇もなく、ヒナタはまもなく大浴場内の湯浴み場に向かわされた。

(だけど、まあ)

着替えのときに思わせぶりな雰囲気もなかったから、本当に慰労のためだけに連れてきてくれたのだろう。

ここで変にためらうと、自意識過剰でかえって恥ずかしい感じになる。

ヒナタはそう思案をつけて、湯気の立ちこめる浴場内を進んでいった。

「ヒナタ。こっちだ」

後ろから追いついてきたアレクシス殿下がうながす。

そうしてヒナタを追い越すと、浴槽に設けてある広い階段を少し下りてそこに座る。

「こっちに来い」

そう命じられ、ちょっとためらいはしたものの言われるとおりの場所まで行った。

「ここに座れ」

浴槽の縁まで行くと、彼が自分の隣を示す。今度もまた彼の言にしたがって、腰のあたりまで湯に浸ける。

「さっきの話だが」

うながされてヒナタが座ると、アレクシス殿下がおもむろに言ってくる。すぐには腑《ふ》に落ちなくて、ヒナタは小首を傾げてみせた。

「さっきのお話とはなんでしょうか」

「いまはもう少し近いところの話をする、と言っただろう」

「あっ、はい」

この大浴場に来る直前の会話のことだ。

てっきりあれは風呂への誘いだと思っていたが、そうではなかったということか。

「おまえの将来についてだが、なにかこれといった希望はあるか」

「希望、ですか」

「ああ。漠然としたものでもいい。なにかこうなりたいとか、こうしたいと思うようなものがあれば教えてくれ」

問われてヒナタは真面目な気持ちで考える。

子供のころに将来の希望はなにかと聞かれたら、王宮に行きたいと答えただろう。学院生であったときには王宮事務官の職に就くのが希望だと。

でも、それは叶ってしまった。

それならいまの自分はなにを願うだろう。

ヒナタは真剣に思いをめぐらせ、しばしのちにやりたいことを口にする。

「この王宮ではたらきたいと思います。そうであれば、どのような仕事でもかまいません」

できればこの方のお傍にいられればうれしいけれど。

「どんな仕事でもかまわないのか」

「はい」

迷いなくヒナタはうなずく。すると、アレクシス殿下は簡単なことかのように言ってきた。

「では、俺の伴侶になるのはどうだ」

「え」

そうくるとは思わなくて、ヒナタは口をあんぐりと開けてしまう。

「どうなんだ」

「それは……」

「まあ、おまえにも判断材料は要るだろうし、ひとつ伴侶のいい点と悪い点を教えておこう」

お願いしますの気持ちを込めてお辞儀をすると、彼は「そうだな」と話しはじめる。

「いい点は、国の施策に関われること。たとえばおまえが以前に執務室で洩らしていた平民教育の拡充。あれだって、伴侶になればおまえ主導で進められる」

なんでも自分の思うままにはならないが、相応の意義があればたやすく問題に取りかかれると彼は言う。

「伴侶が思慮と慈悲の心に恵まれているのなら、これからの国のためになるだろう。やり甲斐は保証する」

そうかもしれないとヒナタは思う。

一介の王宮事務官にはできないことも、伴侶になれば着手できる。

アレクシス殿下と次期宰相と目されているヨハンネスとの三人で、この国を良くするための議論をする、それは自分にとって心躍る時間だろう。

「悪い点は、伴侶はとにかく注目される。社交はしなくてもかまわないが、国の儀式にはかならず出なくてはならないだろう」

それは……なかなかに負担が大きい。宮廷人や、王宮広場に集った国民たちの視線の前に自分を晒して立つことになるのだから。

そんな役割が果たして自分にできるだろうか。

思案に沈むヒナタの横で、アレクシス殿下がさらに言ってくる。

「それとここが大きいが、伴侶になればおまえの寿命は長くなる。俺は転生の術を使って、半分寿命を削ったが、それでも普通の人間よりは長く生きる。つまり、おまえは父母や兄がいなくなっても、なお長く生きていくことになる。その道のりを共に歩くのは俺だけだ」

「アレク様とだけ……」

「そうだ。伴侶になれば、俺の生に縛られる」

ある意味普通の人間の理《ことわり》をはずれてしまい、この方とだけ共に歩む途《みち》となる。

「あの。お聞きしてもいいですか」

「ああ、なんだ」

「あなたの伴侶になるかどうかはわたしが決められるのですか」

ふたりの身分差では、アレクシス殿下がヒナタに命じれば、それを拒否することはできない。

それを聞いてくれるのは、どんな理由があるのだろうか。

「おまえに口づけしたときは、竜の徴に関しては言わずじまいだったからな」

「ああ……それで」

公平にしてくれようとしたのだろうか。伴侶になるはずだったあの方には竜の徴のことを話した。だから、自分にも伴侶になるのかどうかを訊ねた？

そう思ったら、ふっと目の前に翳りが差した。

無理だ。

あの方が伴侶候補であったのは周知の事実。二十五年前とはいえ、その折の出来事をおぼえている宮廷人も皆無ではない。

その人達の前で伴侶候補は自分だと名乗りを上げる？

子爵家次男のヒナタ・エルマー・エーレルトが、この国の王太子殿下の隣に並び立つ？

その決心がつけられるのか？

「わたしは……べつに、伴侶でなくても」

彼に所有される証の、竜の徴を刻まれてもいいと思った。

アレクシス殿下を心から愛しているのも本当だ。ずっとお傍にいたいと願うのも本心だ。

けれども王太子殿下の伴侶になるというのは……正直言って自信がない。いますぐには決められないのだ。

「俺の伴侶にはなりたくないか」

「いえっ、決してそういうことでは。ただ」

「なんだ」

返事ができず、ヒナタはうつむく。

自分は本当に意気地なしだ。

だけど、以前に神殿長と侍従とが投げつけてきた言葉をいまもおぼえている。そして、あれらにも理《り》があると感じていた。

自分についてはまだいい。蔑まれるのはかまわない。けれども、そのせいでアレクシス殿下の今後の治世のさまたげになったなら。

それを思うと大喜びで伴侶になりますとは言い難い。

「……俺に愛されるのは嫌か」

低く問われ、ヒナタは「いいえ」と首を振った。

「だが、伴侶にはなりたくないと」

だったら、とアレクシス殿下は言う。

「愛妾《あいしょう》扱いになるが、いいか」

「それは」

嫌だ。とっさに思い、けれども言葉が出てこない。

迷う気持ちがヒナタの心を乱れさせ、視線がおぼえず下がったとき。

「愛妾扱いを望むなら、こんなこともしてみせねばならないぞ」

「……あっ」

アレクシス殿下が手を伸ばし、ヒナタの衣の襟のところを掴み取る。そうしてそこを大きく横にひらかせた。

「そういえば、おまえの徴をじっくり見るのは初めてだ」

さっきはできるだけ見ないようにしていたからな。そう言いながら、痣の上をなぞるように彼が指を這わせてくる。

「や……ま、待って」

「なるほどな。こんなふうになっているのか」

言いながら、男の指がそこを撫でる。

「あ、んっ」

知らずぶるっと震えてしまい、妙な声もこぼれ出た。

「なんだ、この竜は悦《よろこ》んでるのか」

淫靡《いんび》な笑いとは、きっとこのときの殿下の表情を指すのだろう。

「いい子だな。俺の愛撫が好きなのか」

「そ、そん……ん、あっ」

抗議する声がひっくり返る。

「や。そこ、は……っ」

痣と一緒に乳首を手のひら全体で押すように撫でられて、またも身体がわなないた。

「ここが好きか。だったらもっと気持ちよくしてやろうな」

言いざま殿下がヒナタの腰を両手で摑んだ。それからくるっと向きを替えさせ、正面から自分の膝にまたがるような姿勢にさせる。

「ア、アレク様っ」

「なんだ、嫌か」

あせるヒナタを尻目に彼は悠々と告げてくる。

「こういうのも愛妾の務めだぞ」

「で、でも……ん、ふっ」

言葉半ばに彼が唇を塞いでくる。そして、そのあいだも左の乳首をいじるから、生じた熱が体内をめぐってしまう。

待って。おかしい。あちこち肌がむず痒《がゆ》くて、そこを擦ってほしくなる。

無意識にもじもじ身体を揺すっていたのか、彼が「どうした」と笑いながら指摘する。

「あ……なにか、変なんです」

「変とは」

「あちこち……ビリビリしてて」

なるほどな、としかつめらしい表情で彼がうなずく。それからヒナタの右胸に触れ、

「たとえばここか」

「ふ、あっ」

当てられた男の手で、乳首を押しつぶすように撫でられ、ヒナタの背中がちいさく震えた。

「それからここもか」

「あう」

左の乳首は指で摘まんで引っ張られ、顎が上を向いてしまう。

「ここもそうだな」

鎖骨の中心のくぼんだ箇所を舐められて、またも恥ずかしい声が出た。

「か、からかうのは」

おやめください。面白がられているのはわかって、けれどもいちいち反応してしまう自分が嫌だ。

ほとんど涙目でお願いしたのに、彼は浅く笑いながらまたもこちらに顔を寄せる。

「からかってない。初《うぶ》な反応を見せるおまえが可愛いだけだ」

言って、赤く色を変えていた右の乳首をちゅっと吸う。

「ひゃう」

なんでこんなおかしな声が出てしまうのか。

ヒナタが手のひらで自分の口を塞いだら、その甲にも口づけされた。それから手首を摑まれて裏返されると、手のひらだけではなく指の付け根にまで舌を這わされ、さらに指の股のあいだを出し入れする舌の動きで舐められる。

（い、いやらし……っ）

ただ右の手を舐められているだけなのに、なんだかすごく卑猥《ひわい》な感じだ。

無意識に腰を揺らしてしまったら、彼が空いたほうの手でそこに触れて撫で下ろすから、下

腹あたりに妙な熱が生まれ出る。

「本当だ。どこもかしこもビリビリしてるな」

余裕のある彼の様子に抗議しようと目を合わせ、直後に心臓が大きく跳ねた。

「う……」

漆黒のその髪はしっとりと水気を含み、彼の眸もまた濡れた黒曜石さながらの光を放つ。

射抜くような強い視線を当てられて、ヒナタは一瞬呼吸を忘れた。

「ヒナタ、おまえは俺のものだ。いまからそれを教えてやる」

言葉だけで唇がわななないたのは、怖さなのか……期待なのか。

どうしても目の前の眸から視線がはずせずに待っていると、彼はゆっくり身を寄せて、竜の痣に唇を押し当てる。

「……あっ」

短い叫びを洩らしながら背を反らす。

「や、な、なに……っ」

伴侶の徴に口づけられる。たったそれだけで、全身に震えが走った。

自分が脆く、剥き出しで、産まれたての生き物に変わったような感覚がする。

「あ……っ、や……っ」

嫌だ、怖い。本能的にそう思い、なのに彼が自分の背と腰に当てた手から快感が押し寄せてくる。

「ア、アレク様っ」

「うん？」

「お……おかし、く……」

「いいさ」

彼は底光りがしている眼差しで薄く笑う。

「俺の手でいっそ壊れるほど感じればいい」

「あ、いや……っ、だめっ……」

男の指が両の乳首をいっぺんに摘まんで引っ張る。

さっきよりもずっと感じて、ヒナタは淫らな喘《あえ》ぎを洩らした。

「ひあ……あ、あう、ん……っ」

「気持ちいいか」

抵抗するどころではなく、ヒナタはこくこくうなずいた。

なんでこんなに。だけど、すごい。ああ……やだ、舐めないで……っ。

苦しいほどに強い快感。ヒナタが無意識に男の肩に手をかけたのは、押し寄せる快感に流されまいとするからか。

「あう、や、そこ……っ」

「もっとか、ヒナタ」

「あ……は、はい……っ」

自分がなにを言っているのかわからない。

「吸うのと、舐めるのと、齧《かじ》るののどれがいい」

そんなの彼に教えられない。ふるふると首を振ったら、彼が唇の端をあげつつ言ってくる。

「そうか。じゃあ全部しよう」

「それ……っ、は……っ、あ、や、そこ……っ、だめぇ……っ」

いやらしいことを全部されて、ヒナタは次々にやってくる快感に打ち震える。

自分の身体が自分のものではなくなっていて、呑みこみきれない悦楽に翻弄されるばかりだった。

「アレ……アレク、様ぁ……」

「なんだ」

「そこ、ばかり……や……っ」

弱いところをいじられ、吸われ、舌先で転がされ、強すぎる刺激が苦しい。

ちょっとだけ緩めてほしいと願ったら、ようやく彼がそこから顔を離してくれた。

「そうだな、ここばかりでは物足りないな」

しかし、ヒナタの頼みとは違ったふうに彼が言う。

「ほら。こっちも俺の手を欲しがっている」

「や、あっ」

伸ばされた男の手はヒナタの身体の中心で、衣の上から思わせぶりにそこを撫で、ぶるっと震える身体から悲鳴を出させる。

「もうこんなだぞ。ずいぶん待たせたみたいだな」

「ちが、ちが……っ、あ、んんっ」

布地ごとそこを掴まれ、胸をいじられていたときよりもさらに激しい快感に見舞われた。

「気持ちがいいだろう」

耳たぶを舐め、軽くしゃぶってから、彼が言う。

「もっと気持ちよくなりたいな?」

頭がぼうっとしてしまって、このひとがなにをしゃべっているのかがわからない。

けれども、そのかすれ響きにうなずいてしまったのは、ヒナタも本当はそれを望んでいるからだろう。

「だったら帯を自分で解け」

そうしたら、もっとよくしてやれるから。

耳元でささやかれて、ヒナタは諾々としたがった。

命令されたからではない。快感が欲しくてそうしたのでもない。ただ、このひととともっと深く繋がりたい。もっと近いところに行きたい。そんな願いが心に生まれていたからだ。

ヒナタがおぼつかない手つきながら、どうにか白い帯を解くと、その箇所が露になった。

ヒナタの中心はすでに角度をつけていて、常より赤みを増している。

「もうこんなだな」

食い入るように視線を当てて彼が言う。そのあとに喉が鳴る音が聞こえてきて、怖いのと恥ずかしいのがいっぺんに来た。

「み、見ないで……」

手で隠そうと試みて、その動きは彼の仕草に封じられる。

両方の手を持たれ、それぞれ左右に押しひらかれて、なにか言おうとする前に唇が重ねられた。

「ん……ん、く……」

息継ぎをする暇もあたえない深い口づけ。飲みこみきれない唾液が溢れ、唇の端からこぼれていったけれど、それをかえりみる余裕はなかった。

(どう……して)

このひととの口づけはこんなに気持ちがいいんだろう。

舌を食まれ、吸いあげられて、身悶えするような感覚に襲われるのに、それでも求められるのがうれしくてたまらない。

「ヒナタ」

彼もまた普段にはなく呼吸を速め、むさぼるような口づけを繰り返す。

そうしてヒナタがすっかり蕩けてしまったあとで、彼がふたたび脚の付け根にあるものを握ってきた。

「あっ……」

「大丈夫。気持ちよくしてやるだけだ」

口づけされているうちに帯はどこかに行ってしまって、前合わせは完全にはだけている。

「これだとすぐに達きそうだが、俺のと一緒に擦ってやろうな」

「え。あ……や、あ……っ」

彼が自分の前合わせをみずから乱し、おのれのそれを衣の下から取り出した。

うっかり見てしまったそれは、ヒナタの比ではなく大きくて、さらに顔を赤らめて視線を逸《そ》らす。

(すごい……あんな……すごい)

思考が足りなくなっていて、そんな言葉しか出てこない。

「もう少しこっちに来い。そう……おまえの腰をもっとこっちに」

目を逸らしたまま身体をずらす。

自分の中心を彼のそれと密着させると、ただそれだけで下腹が熱くなる。

駄目だ、こんなに感じてしまって。本当に壊れてしまうんじゃないだろうか。

「なに……なに、するの」

舌足らずなしゃべりかたになってしまって、聞いた彼がちょっと笑って口づけてくる。

「怖くない。一緒に気持ちよくなるだけだ」

「あ、んんっ」

彼がヒナタのそれと自分のをふたつまとめて握ってくる。そうしていっぺんに擦ってくるから、手の刺激と彼自身の熱さとでヒナタはいっきにのぼせてしまった。

「や……あ……アレク、様……っ」

「うん、どうだ」

「それ……駄目……すご……や、あっ」

「こら。腰を引くんじゃない」

ヒナタの後ろに手を回し、彼が自分に引きつけさせる。

「で、でも……だって……あ、や、そこ……変にっ」

学院の寮でもそれ以降でも、そうした行為は苦手だった。しなければならないときだけそそくさと事をはじめ、なにがしかの後ろめたさとともに終わらせるだけだったのに。

「腰が揺れてる。可愛いな」

なのにいまは感じてしまってしかたない。

「あ、やっ……そこ、やだ……っ」

自身の先からなにかが出そうで震えたら、彼が親指でその箇所に蓋をする。

出したいのに出せなくて、渦巻く快感は行き先を失ってヒナタの下腹に滞る。

「達きたいのか」

「い、達き、たい……っ」

羞恥も飛んで、淫らな言葉を口にした。

「達かせ……や……も、いや……っ」

快楽の出口を塞ぎ、彼がおのれのものを擦りつけるようにしながら指でも巧みに刺激してくる。

ヒナタが小麦色の髪を振り立てて頼んだのに、彼は「ああ可愛いな」とつぶやくばかりだ。

「俺もおかしくなりそうだ」

「あ……だった、ら……」

強すぎる快感からどうか解放してほしい。

思ったのに、ヒナタがしたのは彼に抱きつき、腰を揺する仕草だった。

「……もっと」

口走ったのは意識の外で、彼がそのときどんな表情をしていたのか見ることはできなかった。

「あ、んっ、やぁっ」

すでに充分すぎるくらいの悦楽を注がれて、けれどもこのあとヒナタを襲ったのは想像を絶するほどの快感だった。

「ん、んんっ」

唇に嚙みつくような口づけをされ、ヒナタのしるしはいままで以上に擦られる。

男の膝上で腰が勝手にかくかく揺れて、この身はくまなく欲情に塗りつぶされる。

「あ、あああ……っ」

びくん、と大きく身体が跳ねた瞬間、塞いでいた手を男が放す。と、直後に臍《へそ》から胸のあたりに熱いものが飛び散った。

いままで堰《せ》き止められていたぶん、放出の感覚は深く長く、ヒナタの視野を眩《くら》ませていく。

少し遅れて男の精液が吹きあげて、それにもずいぶん感じてしまった。

「……う、あ……」

やがて、全身の力が抜けてヒナタが背後に倒れていくのを、男の強い手が抱きとめる。

「大丈夫か」

息があがって、まだなにも返せない。湯に濡れたやさしい手がヒナタの乱れた髪を撫で、こめかみにそっと口づけを落としてくる。

「これでわかった。おまえこそが俺のために作られた宝だな」

つぶやいてから、彼がヒナタに頰擦りする。

「なあヒナタ」

「……はい」

いまだに目の前も頭の中もぼうっとしている。ほとんど習慣で応じたら、彼が吐息とともに耳孔にささやきを吹き入れてきた。

「俺はおまえに願ったな。俺に別れの苦しみをあたえるな、と」

ハッとヒナタは目を瞠る。小麦色のヒナタの髪に口づけし、彼は低く告げてきた。

「伴侶の身分はおまえにとっては重荷だろう。迷う気持ちも理解できる。だが、愛妾の立ち位置を選んだら、おまえはいずれ俺を置いていくことになる」

苦しげな声音だった。聞いて、ヒナタは唇を震わせる。

そうだった。この方は転生術をおこなうために寿命を半分削ったけれど、それでもまだ普通のひとより多くの生が残されている。

このままだと、やがてヒナタは彼を置いてこの世を去る。伴侶にならないと決めるのはそういうことだ。

それは嫌だ。だけど、近い将来にこの国を掌握するアレクシス殿下にとって、自分の存在は弱点になりはしないか。

「わたしは……」

この方のお傍にいたい。独りにはさせたくない。その気持ちと、ちっぽけな自分なんかがとためらう心が激しくぶつかる。

迷って、揺らいで、息をするのも苦しくなって絶句する。と、そのときだった。

「……わ」

いきなり腰を両脇から摑まれて、立ちあがった彼ごと浴槽の中から出ていく。

派手な水音を立てながら、浴場の床に下ろされ、このまま置き去りにされるのかと思ったけれど。

(えっ)

彼が自分の目の前で片膝をついたのだ。

「な、なにを」

うろたえるヒナタを見あげ、彼はその姿勢からまっすぐに視線を向けた。

「エーレルト子爵家が次男、ヒナタ・エルマー・エーレルトに、リントヴルム王国王太子、アレクシス・カイ・リントヴルムが希《こいねが》う。どうか俺と婚礼をあげてほしい」

真摯な面持ちで言いきった。

ヒナタは口を右手で押さえ、立ち尽くすことしかできない。

竜の血を引く王族の直系で、ヒナタごときに礼をしめした姿でさえも気品に溢れて格好がいい。

漆黒の黒髪は濡れてますます艶やかで、身体に張りつく白い衣は男の逞しい輪郭をくっきりと際立たせる。

きっと誰にも膝をついたことはなく、なのに自分を目の上にして、希うと言ったのだ。

「アレク様。お立ちください」

あわててヒナタはその場に腰を落としてしまう。

「わたしなどにそのような」

「おまえは俺の宝物だ。その前に膝をつくのは当然だ」

「え」

「竜は自分の宝物を腹の下に敷きこむものだ。俺はただその本能にしたがって、おまえを俺のものにしたい」

ただそれだけだと彼は言う。

「僕が、あなたの宝物？」

「ああそうだ。なにより大事な俺の宝だ」

自分の前で膝を折る男の姿は、少しも品位を損なうことなく、なににも増して美しく、かつ気高く……そして、誰よりも愛おしかった。

「泣くな、ヒナタ」

わずかに頰を緩ませながら、彼が強いその眼差しで射抜いてくる。

「愛しているんだ。結婚してくれ」

もはや我慢ができなかった。ヒナタは両腕を大きく広げて自分の大好きな男に抱きつく。

彼もまたしっかりとヒナタを受け止め、自分の腕の輪の中に囲いこんだ。

「僕もあなたを愛しています。アレク様と結婚します」

伴侶になることへの迷いもためらいもこのときには吹き飛んでいた。

自分はこの方から離れたくない。決して独りにさせないし、どこにも置いていきたくない。

心の底からただそれを願うばかりだ。

「言ったな」

彼はヒナタをぎゅうぎゅうに抱き締めながら、

「竜の執着はものすごいぞ。いまから覚悟しておけよ」

「は、はい」

「俺と共に生きてくれるな」

「あなたと一緒に生きていきます」

「俺の生に縛られてもいいんだな」

「あなたを独りにさせません」

「それなら俺は」

彼がわずかに身を離し、神聖な誓いを立てるかのように真摯な顔で告げてくる。

「おまえを愛し、おまえを一生手放さない」

そうして口づけが降ってくる。

もはや迷いのない、甘いだけの男の口づけ。

ヒナタは彼への愛おしさに満たされながら、みずからも男の身体を抱き締め返し、深く熱い陶酔の時間へと引きこまれていったのだった。


王宮のバルコニーに面した部屋は晴天の陽射しが窓から差しこんでいる。室内にもバルコニーにも数多くの花々が所狭しと飾られて、芳しい香りをあたりに振りまいていた。

ヒナタは色の洪水のようなその景色の中に立ち、これからはじまる行事を待ち受けている。

「ご伴侶様、アルタウス公爵家ご子息様がお見えです」

扉の前で控えていた侍従がそう言ってくる。

この侍従は前の男と違い、アレクシス殿下が新しく選んだ者だ。ヨハンネスとは縁戚関係にあるそうで、いつも淡々としているがじつは相当に細かな気遣いをしてくれる。

「お通ししてくださいますか」

言ってほどなく戸口から入ってきたのは公爵家子息、つまりヨハンネス当人で、部屋の中ほどまで進んでくると、儀式張った仕草で挨拶をしてみせる。

「ヒナタ様におかれましては、このほどつつがなく伴侶の儀を無事に終えられました由、慶賀の至りにございます。われら臣民一同、この国に新たなご伴侶様を戴《いただ》きましたこと、誠にめでたく歓喜の念に堪えません」

そこまで述べて、ふたたび顔を上げた彼は、笑みを浮かべて言ってくる。

「ヒナタ君おめでとうございます。儀式は緊張したでしょう。大変お疲れさまでした」

「ありがとうございます」

ヒナタもほっとした表情でそう返す。

伴侶の立場になっても、公の場以外ではこれまでどおりの扱いにしてほしい。呼びかたもそのままに。

ヒナタのこの願いはアレクシス殿下によって一も二もなく受け入れられた。ヒナタは今後もヨハンネスを上司として、仕事の場所も内容も変わらず続ける段取りになっている。

「婚礼の行事ののちは十日間の休暇を差しあげる予定ですが、それが終われば執務室に復帰してもらいますよ。やってほしい仕事はいくらでもありますからね」

「はい」

「せっかくの休みですから、ご実家を訪問なさるのはどうですか。いままでは警備上の都合で許可が出せませんでしたし」

「そうですね……」

王太子殿下との婚礼が決まってから、今日おこなわれた伴侶の儀が終わるまでの期間は、王宮中に厳戒態勢が敷かれていて、当然その対象であるヒナタはアレクシス殿下の監視下に置かれていた。

なにしろ四六時中アレクシス殿下がべったり傍についていて、起きているときも寝ているときもヒナタの隣から離れないのだ。

見かねたヨハンネスが——これでは息が詰まりますよ。たまには自由にさせてあげたらどうですか——と進言してくれたのだが、彼は絶対に譲らなかった。

——ちょっと目を離した隙に、いなくなったり怪我をしたらどうするんだ。攫われるのがあれ一回きりだとは限らないんだぞ。もちろん二度とそんな目には遭わせないが、念には念を入れる必要もあるからな。

とまあ、そのように超過保護な扱いを受けていたので、実家で息抜きを勧めてくれるのは親切心からだとわかっている。

「だけど、今回はやめておきます。近いうちにアレク様と一緒に行けるとは思いますので」

「あの方と一緒ですか」

眼鏡の男はため息を吐き出した。

「殿下には困ったものです。本当はご伴侶様の部屋だって用意するべきなんですよ」

「ああ、あれは」

伴侶になればそう簡単に実家には戻れない。だから、この王宮内にその方だけの私室を作る。

たまにはゆっくり独りになってくつろげるよう。

伴侶になる方への配慮からそうした習わしがあったのだが、ここでもまたアレクシス殿下が強く主張したのだった。

――そんな部屋など必要ない。どうしても独りになりたくなったときには、例のあの庭か、俺の寝室にあいつの場所があるだろう。

「わたしも要らないと思ったんです」

仮に彼とケンカして、独りでいたいと思ったときは、庭の東屋で膝小僧をかかえるか、寝室の片隅にある仮囲いに引きこもるから。

それ以上彼から遠くに行きたいとは思わない。

「まあ、ヒナタ君がいいんならいいですが」

あきらめ半分の笑みを彼は見せたあと「そろそろですかね」と戸口のほうに目をやった。

「今日は特別に客人をここに呼んでいるのですよ」

「客人ですか？」

ヒナタも扉に向き直り、すると侍従が「よろしいですか」と聞いてくる。

事情は不明だが、ここにいるヨハンネスの采配ならば問題がないのだろう。

ヒナタが許可をあたえると、ひらかれた扉から現れたのは予想外の人物だった。

「フランツ様」

「久しぶりだね。と、もっと畏まっているべきかな」

「とんでもないです。いままでどおりで」

驚いたが、また会えてうれしかった。

爵位が落ちて、そのうえ片田舎に領地替え。そのあとどうなったのかずっと心に残っていた。

「きみも元気そうでよかった。まずはその衣装を褒めさせてくれないか」

ベルツ侯爵家子息あらため、いまはベルツ子爵家当主のフランツはまぶしいものを見るかのように目を細める。

「すごく綺麗だ。とてもよく似合っているよ」

「ありがとうございます」

今日のヒナタの衣装は、シャツの袖にはふんだんにレースがあしらわれ、飾り襟にもおなじくレース、そして襟元で輝くのは周囲を金剛石が取り巻いている黒曜石だ。

上着は白色で、布地には若草色と銀の糸で精緻な縫取りがなされている。ズボンも白で、同色の編み上げ靴が膝下までを覆うものだ。

そして、襟にふわふわの毛皮がついた白マントの背中にはリントヴルム王国の紋章が刺繍され、その周囲をびっしりと意匠を凝らした縫取りがほどこされる。

こんなに綺羅綺羅しい衣装を着るのは初めてで、けれども学院の先輩に褒めてもらうのは素直にうれしい。

「幸せそうだね。この様子だと、探しものは見つかったのかな」

一拍置いて、ヒナタは大きくうなずいた。

「はい。見つかりました」

たどりついて、この手に摑んだ。もう二度と離せない大事なものを。

「よかった。わたしもうれしいよ」

言って、フランツが右手を前に差し出してくる。握手かな、とヒナタも手を出しかけて……

結局それきりになってしまった。

「アレク様」

黒髪の長身がこのとき戸口から入ってきたのだ。

彼の衣装はヒナタとは対象的に黒を基本に作られている。

黒の上着には金糸の縫取り。ところどころにつけられている宝石はヒナタの眸とおなじ色だ。ズボンも黒で、こちらもおなじく同色の編み上げ靴を履いている。

そして、マントの色は黒。襟には艶のある黒の毛皮がほどこされ、背中には金の糸で刺繡された王国の紋章が鮮やかに浮き出ている。

「おい、水を持ってきたぞ」

そんなアレクシス殿下は玻璃《はり》の杯を手に持ち、客人には一瞥もくれないでヒナタのところに足を運ぶ。

それをヒナタに手渡すと、自身はフランツからの視線をさえぎる場所に立った。

お、大人げない。いまさらだが、そう思ってしまうのはしかたない。

竜の執着はものすごい。彼が前に言ったとおり、求婚を承諾したあの日から、伴侶の儀を無事に済ませたこのときまで、この方はほぼ片時もヒナタを傍らから離そうとはしなかった。

ヒナタもべつにそれに不満はなかったが、このあとの行事を思うと、少しばかり覚悟を決める自分の時間が欲しかったのだ。

殿下の背後でヒナタは水をひと口飲み、こっそり大きく息を吸ってから、吐き出した。

(大丈夫かな。うん、大丈夫。フランツ様が大事なことを思い出させてくれたから)

そう思っている暇に、姿勢を変えたアレクシス殿下がヒナタから杯を取りあげると、また反転してそれを目の前の青年に突き出した。

「あ、はい」

その仕草にフランツが前に出る。アレクシス殿下は彼に飲みかけの水の杯を手渡しながら、

「三年だ。そのあいだに領地経営を軌道に乗せろ。それができたら、王宮に顔を出せ」

フランツがどんな表情になったのか、ヒナタには見えなかったが「かしこまりました」と応じた声はゆるぎなく、きっとそのとおりになるのだろうと思わせた。

「行くぞ、ヒナタ」

「はい」

腕を伸ばしたアレクシス殿下がヒナタの手をしっかりと握ってくる。

そうして進むふたりの先には花々で飾られたバルコニー、さらにその眼下には新しく誕生した伴侶を見ようと広場に集まった人々がいる。

もう平気。怖くない。自分が探していたものは見つかった。それを繋いだこの手の温もりが教えてくれる。

ヒナタは顔を上げ、まっすぐ正面を見て進む。

さあ行こう。このひとと生きていく道のりの第一歩だ。

エピローグ

「はあ……」

ほんとに怒涛の一日だった。アレクシス殿下の寝台の真ん中に正座して、ヒナタはため息を吐き出した。

伴侶の儀は王宮の奥にある秘密の場所で、国王陛下と、そのご伴侶様、そして婚礼の主役であるアレクシス殿下と、ヒナタの四人でおこなわれた。

儀式の内容に関しては、じつはほとんど記憶にない。普通の人間が竜の神気を大量に注がれれば、酔っ払ったみたいになるとはあとで聞いたことだった。

ともあれヒナタはつつがなく儀式を終え、続いては広場前に集まった人々に新しいご伴侶様としてにこやかに手を振って応じたのち、宮廷で催された王太子殿下ご婚礼祝賀会に臨席して慣れない社交に耐え、いまようやくここに至ったわけだった。

通常ならヒナタは初夜の支度をととのえ、夫である王太子殿下の訪れをお待ちする……はずなのだが、その必要は特にない。なぜって、アレクシス殿下はいまもその前もすぐそこにいるからだ。

ヒナタは今夜のために絹で織られた白い寝衣に身をつつみ、彼もおなじく前合わせの衣を錦糸の帯で結んだ姿だ。

「疲れたか」

アレクシス殿下が杯を小卓の上から取ると、寝台に腰かけて、それをヒナタに差し出してくる。

「ありがとうございます」

受け取って、杯に口をつける。

「……美味しい」

中身は新鮮な果実が絞りこまれた酒で、含まれた微細な泡が口当たりを良くしている。

アレクシス殿下も寝台脇の小卓からおなじ杯を取りあげて、三口くらいで飲み干した。

「僕、ちゃんとできていましたか」

敬語はいらないと言われているが、これくらいが精一杯だ。ためらいがちに聞いてみれば、相手は軽く肩をすくめる。

「ああ。おまえはよくやっていた」

だが、と彼は言葉を続ける。

「今後おまえを社交の場に出すつもりはない」

きっぱりと断言されて、ヒナタはにわかに不安になった。

「それは……なにか不都合をしでかしてしまったから？」

知らないうちに無作法な真似をしていたのだろうか。しかし、彼は違うと言う。

「おまえじゃない。連中のおまえを見る目が不快だからだ」

「連中、とは誰でしょう」

「知らん。どいつもこいつもだ」

アレクシス殿下は嫌そうに顔をしかめる。

「最近のおまえはやたらと綺麗だからな。それだけでもと思うのに、おまえによく似合う衣装で飾れば、連中が色めき立つのも無理はない。が、それも今日限りだぞ。次からはおまえが普段身につけていた灰色のお仕着せで出すからな」

ヒナタはぽかんと口を開け、しばし呆気に取られていたが、じわじわとおかしみが湧いてきた。

「なにを笑っている」

「いえ。あの、アレク様がおっしゃるのなら、次からずっと灰色の服でいますね」

「それはそれで……少し嫌だな」

そうだと自分の愉しみが、いや待てよ、でもしかし……と感情が忙しい男を見て、おぼえず微笑みが浮かんでくる。

好きだなあ、このひとが。愛しくてたまらない。

こんなひとにめぐり会えて、たどり着けて、自分は本当に幸せだ。

そんなことを思っていたら、彼がヒナタの手から杯を取りあげて、自分のものと一緒に小卓の上に戻した。

「ヒナタ」

そうして、広い寝台にあがってきて、こちらの肩に両手をかける。

(あ……)

ついにこのときがやってきたのか。ヒナタは身構える気持ちになった。

今夜はふたりが婚礼をあげたのちの、初めての夜になる。

大浴場で求婚されたあの日から、じつは何度もこのひとの指で達かされているけれど、ここ一週間ほどは軽い口づけを交わすだけになっていた。

じつは伴侶の儀とそのあとのお披露目の支度が、婚礼を急かせる殿下の命で猛烈に立て込んでいて、彼自身も夜に戻ってこられないことがしばらく続いていたのだった。

なにしろ半年、一年とゆうにかかるはずの準備をたったひと月で終わらせたのだから当然か。

だけど、ついにふたりの初夜が。

期待と身構える気持ちとが半々のヒナタの前で、しかし彼がかけてきたのは予想外の言葉だった。

「おまえも疲れただろう。今夜はゆっくり寝るといい」

つかの間意味を摑みかねて、ヒナタは茫然と彼を見あげる。

寝る、とは。このままますやすやぐっすりと？　朝まで健やかにこのひとの抱き枕を務めるだけ？

予期せぬことにヒナタが混乱していたら、アレクシス殿下がちいさく吹き出した。

「おまえ……っ、考えていることが全部顔に出ているぞ」

ハッとヒナタは両手で自分の頬を押さえる。そのあと彼に恨みがましい目を向けた。

ひどい。このひとを欲しい気持ちを見透かされ、そのうえでからかわれた。今夜のことは気負っていたかもしれないが、自分なりに大事なものだと思っていたのに。

「すまなかった」

すっと真摯な顔になり、アレクシス殿下が強い眼差しを向けてくる。

「しばらくおまえに触れられなくて、少しおかしくなっているんだ。ここでおまえを押し倒したら、歯止めが利かなくなるからな。おまえが伴侶になった初めての夜なのに、めちゃくちゃにしたくなかった」

ヒナタが頬に当てていた手の上に彼が手のひらを重ねてくる。そうしてゆっくり身をかがめ、額の上に口づけた。

その仕草でこちらを尊重し、慈しむ気持ちが伝わり、ヒナタの中でなにかが弾けた。

「アレク様……っ」

自分から彼に抱きつき、唇に唇を押し当てる。それからおずおずと舌を出して彼の口をちろりと舐めた。そのとたん。

「う……っ」

ヒナタのすべてを根こそぎ奪い取るような猛烈な口づけに見舞われる。

歯列を舐められ、差しこまれた舌先で口蓋を突かれて、ぬめらかな感触がヒナタの舌に絡みつく。

唾液を啜《すす》られ、男の舌を口いっぱいに含まされ、息苦しさに喘いでも解放されない。

目の前がちかちかしてきて、それでも彼から離れたくなく、ヒナタは男の広い背中にしがみついた。

「ん……う、んんっ……」

彼の口づけはヒナタの理性をいつでもたやすく消してしまう。

目を閉じて精一杯に彼の仕草に応えていると、胸に突然ピリッとした痛みが生じた。

「んんっ」

口を塞がれていて、こもった叫びしか出てこない。そしてまた。

「う、んっ」

今度のそれで痛いのではないと気づく。

感じているのだ。気持ちがいいのだ。

だって……彼がそこを指先でいじるたびに、下腹が熱くなる。

乳首を丹念にこねられたり、指の腹で押しつぶすようにされたり、尖った先をちょっと強く引っ張られたりするたびに、肌が火照ってくるのがわかる。

いつの間にか寝衣の前がはだけられ、彼の視線が赤くなった胸の尖りに向けられたそのときも、次への期待に鼓動が速くなるだけだ。

「ヒナタ」

「はい」

ぼうっとしたまま、男らしく端正な彼の顔立ちを目に入れる。

「最初は少しきついと思う。だが、怖がるな」

このひとが言うならと、ヒナタは素直にうなずいた。

「怖く、ないです」

あなたがすることなら恐ろしくない。どんなことでも受け入れたい。

その気持ちで見返すと、彼がふっと笑みを浮かべる。

「いい子だ、ヒナタ」

上体を倒した彼がヒナタの胸に顔を伏せていった直後。

「あ、ああっ」

ビリビリと全身に痺れが走った。

彼が胸にある竜の痣に口づけしたと頭の隅では感じたが、もはやそれどころではなくなっている。

「あ、なっ、なに……っ」

これまでは痣に口づけされたときにも、これほどではなかったのに。

いまはもうどこもかしこも感じてしまってしかたない。

「アレク……アレク、様っ」

「ヒナタ」

抱き締められ、頬に口づけされただけでも、背筋が跳ねるほど感じてしまう。

全身に汗が生じ、勝手に内腿がわなないた。

欲しい。このひとがもっと欲しい。

本能的な欲求が自分の内奥から湧き起こる。

「は、早く……もっと」

なにがどうなのかはわからない。ただもう喉がひりつくほどに彼をこの身に感じたかった。

「ああ、やろう。俺の全部をおまえにやる」

「アレク様っ」

彼からあたえられるものはどんなものでも美味しかった。

口づけされて味わう唾液も、彼の肩口に押し当てた唇から感じられた汗の味も、ヒナタには自分をしたたかに酔わせる美酒と変わりない。

「も……そこっ……吸っちゃ、だめっ」

「駄目?」

「だ……て、気持ちい、からぁっ」

正気に戻れば飛びあがるような台詞でも、いまのヒナタは抵抗なく口にできる。

「じゃあもっと吸ってやろうな」

「あんっ」

吸うばかりか、噛んで、しゃぶられ、指でもしっかり捏《こ》ね回されて、乳首から伝わってくる感覚にヒナタは半泣きで身悶える。

「あ……やっ、そこばかり……いやっ」

「だったら、ここは?」

乱れきった寝衣の前合わせから、男の手が忍びこむ。

もうすっかり熟れたそこを摑まれて、ビクッと身体が跳ねた拍子にうしろざまにのけぞった。

あえて彼は抱き止めず、ヒナタの背中は敷布へと倒れこむ。

「アレク様……っ」

少しでも離れた感覚が寂しくて、両手をあげてねだる仕草をしてしまう。

彼は頰を緩ませつつ身を伏せていき「可愛いな。抱いていてほしいのか」と願ったとおりにしてくれる。

「もっと善くしてやるからな。俺にしがみついていろ」

ヒナタの両腕を自分の首に回させてそう言った。それから手をヒナタの股間に。

「アッ」

そこを握られて、頭の奥まで痺れが走る。

これまでの快感とはまた違う。まるで全身に甘い毒を注ぎこまれたみたいだった。

「そ、それっ」

「もっといじって擦ってほしいか」

「は、はい……もっと、して……っ」

理性の箍《たが》が外れて、問われる以上に応えてしまう。

「あっ、あ、それっ……いいっ」

知らず腰が振れていた。

「じゃあもう少し足をひらけ」

普段なら恥ずかしがってためらうのに、いまは諾々としたがうだけだ。

彼はヒナタの両脚をひらかせると、そのあいだに自分の身体を割りこませた。それからヒナタの頬に触れるだけの口づけをして、

「これをするのは久しぶりだな」

彼もこの行為に興奮を感じているのか、いつもは涼やかな漆黒の双眸を欲望の光にぎらつか

せている。その様子にも感じてしまい、ヒナタのしるしがちいさく震えた。

「ああ。待ちきれないのか。いまやるぞ」

浅く笑って、彼がヒナタとおのれのものをいっぺんに摑んでくる。そうして、最初はゆっくりと、次第に強く、またゆるやかに。

緩急をつけた仕草に、ヒナタは善がり、また焦らされて、目を霞ませながら訴える。

「い、や……っ、い、いきたい……っ」

「そんなに急くな」

「だ、て……ああ、やっ……」

軸の先端を指の腹で擦るのに、決定的な刺激はくれない。

もっと欲しくて、ねだる言葉が口をつく。

「出し、出した、い」

「この先から気持ちよく出したいのか」

ヒナタはこくこくと首を振る。

「それならこんな格好もできるだろう」

彼が軸を握ったままにヒナタの尻をぐっと浮かせる。

「あっ、あ」

浮いたそこに感じたのは硬いもの……彼の指かと気づいた直後、ヒナタのとんでもない箇所にその先が押し当てられる。

「な、なに……っ」

陶酔に浸っていても、さすがにこれは予想外だ。一瞬あわてて、けれども結局指の侵入を許してしまった。

「ああ、これならいけるな」

なにがいけるのかわからないが、彼がヒナタの軸をまたゆっくりと擦るから、まともな思考はすみやかに薄れてしまった。

「あっ、あっ、あ」

尻の違和感は前の刺激に掻き消される。だけど達するほどではなくて、もどかしさに腰を揺らしたときだった。

「ひぁっ」

後ろに入れられた男の指が内側のどこかを押した。とたん、衝撃が身体を駆け抜け、その刺激が軸の先端から滴をこぼれさせたのはほとんど意識できないでいる。

「少し出したか」

「あ、あ……いまの、は」

「ここだろう?」

「ああっ」

まるで見えない大きな手に押さえつけられでもしたように、ヒナタの腰がぐんっと引かれる。

「これがおまえの善いところだ」

「あっ、や、だめぇ……っ」

これまでと段違いの感覚だった。

身体が勝手に震えて蕩ける。

自分じゃない。これは違う。善くて、善くて、ぐずぐずに溶けてしまう。

ヒナタは大粒の涙をぽろぽろこぼしながら、違う違うと訴えた。

「わかっている。大丈夫」

なだめる口調で涙を吸われ、ちょっとほっとしたのもつかの間、彼がまた擦る動きを速めれば、涙声しか出なくなる。

「う……う……っ、い、く……っ」

すでに我慢の限界に達していた。

目の裏に星を飛ばして、ヒナタは全身を固くする。と、その瞬間に軸の先から熱いものが噴き出した。

「ああ……っ」

直後に彼の大きなものもぶるっと震える感覚がした。

自分の上に降りかかるどろりとした感触も悦楽に変換されて、もう本当になにもかもがとんでもないとしか思えない。

「よしよし。善かったみたいだな」

残る快感に震えていたら、彼が髪を撫でてくれる。

これで、終わった……。

初夜が無事に済んだことで少しばかり安らかな気持ちになって、しかし次の瞬間に（ん？）と違和感に気がついた。

あれ？　あそこのあの指はいったいどうして。

言いにくいが、言わねばならない。勇気を振り絞り、ヒナタが「……抜いてください」と頼んだのに、彼はにやりと笑っただけだ。

「それはないな。これからが本番だ」

「え。あ、ああっ」

終わったのではなかったのか。そんなのは聞いてない。

男女の閨事《ねやごと》に関してはうっすら知識があるものの、男と女はそもそも身体の作りが違うし、行為としてはこれで充分だと思っていたのに。

「ア、アレク様っ」

待ってほしくて声を上げた。しかし彼は気にもとめずにヒナタのそこを探る手つきをやめないでいる。

「あ……だめ」

そこを擦られたら、また。

「ひ、あ……っ」

身体が敷布の上で弾む。汗を滲ませた彼の頬が微笑みを形づくり、さらに敏感なその箇所を抉ってきた。

「あ、や、あっ」

駄目。そんなに擦っちゃ駄目。震える内腿が勝手にひらいて、もっと奥にと指を誘ってしまうから。

自分の中にそんな淫らな部分があるなんて、お願いだから教えないで。

とんでもなく悩ましい喘ぎをあげて、もっと欲しいとねだる自分は知りたくない。

「ヒナタ。いい子だ。可愛いな」

みっともないと思うのに、彼は愛おしくてならないように、そんな自分を見つめてくれる。

大事そうに撫でてくれる。

そうされると、自分のちっぽけな見栄なんかどうでもいいと感じられた。

「アレク……アレク」

もっと撫でて。大事なひとに愛し愛される悦びを自分に教えて。

そうしたら、自分も精一杯にあなたを愛し、慈しむから。

「好き……大好き」

「ヒナタ」

自分の頬をヒナタの頬に擦りつけ、彼が耳元でささやいてくる。

「俺も好きだ。おまえだけだ」

愛を告げられ、ヒナタの胸はときめきに撥ね、同時にあそこがきゅっと締まったようだった。

「おまえのここも悦んでいる」

そんなつぶやきでヒナタを真っ赤にさせてから、彼がまた指を動かす。

今度はもっと大きく深く。指も増やしてさらに奥まで。

そうしてずいぶんと淫らで濃密な時間が過ぎていったとき。

「ああ。俺のための場所になったな」

彼のつぶやきを聞くまでもなく、それはヒナタも気がついていた。

口づけを交わしながら、胸も、前も、いっぱいいじられ、そのたびにあそこがひらいていったのだ。

彼のために作られたその場所は、しっとりとやわらかく、もはやどこに触れられても感じるばかり。彼の訪れが恋しいとねだる場所になっていた。

「もっと俺のにしていいか」

彼も欲望が極限まで高まっているのだろう、問う声は掠れていて、その艶めかしさに胸も下腹も熱くなる。

「はい……来て、ください」

このひとの欲望をもっと強く感じたい。

もっと激しく。どこにもやらず、自分の内側に取り込めてしまいたい。

そんな想いに駆られるままに見つめたら、深く激しい色を漆黒の眸の内に湛えながら、彼がヒナタの腿を摑んだ。

「あ……あ」

男の逞しく漲《みなぎ》るものが、太腿の奥にあるその箇所に当てられる。

もうすっかりほころんではいたけれど、いざ男の欲望を収める段になってみれば、圧迫感がすごかった。

「苦しいか」

「だい……じょうぶ」

彼もきついのか、眉を寄せ、それでもゆっくりと身体を進める。

ああ……入ってくる。熱くて大きいこのひとの欲望が。やわらかな内側を擦りながら、押しひらいて奥のほうへと。

「痛くないか」

おのれを収めて、彼が聞く。すぐには声が出せなくて、ヒナタはただうなずくだけだ。

「ようやく俺のものになったな」

吐息交じりのささやきに、ヒナタは唇を動かした。

「ん、なんだ？」

「僕、は……最初から」

ずっとあなたのものでした。言葉が途切れてしまったので、あとは心の中だけで言ったけれど、彼には伝わったようだった。

「そうだな。おまえは俺のものだ。それに俺もおまえのだ」

「僕、の？」

「ああ。だから俺にしてほしいことを言え」

それはもう決まっている。

「いっぱい……愛して、愛されたい……」

それがいちばんの願いだった。

「そうだな、ヒナタ」

彼がやさしく頬を撫でる。

「愛している。おまえだけが俺の宝だ」

言って、彼がゆるやかに動きはじめる。最初は様子見だったものは、まもなく動きを速めていき、どんどん激しくなっていく。

内側の柔襞《やわひだ》を擦り、抉《えぐ》って、最奥まで突き入れる男の動きは、猛々しいほどの激しさを持つ。

しかしこのひとのためだけにひらかれた自分の身体は、ただ愛される悦びに震えるだけだ。

「ああ、あ、ああ……っ」

絶え間なく送りこまれる律動に、ヒナタの愉悦もいやおうなく高まっていく。

もう駄目、おかしくなる。とっくに変になっている。

快感を逃そうと、ずり上がったら、腰を摑んで引き戻された。

「ひぁっ」

その動きでさらに奥まで男の欲望にあばかれる。

「い、達きます……いっちゃ、う……っ」

彼の下でのけぞりながら、放出の予感に震える。そのあと、快感の堰《せき》を切って熱い飛沫が噴き出した。

「あ、あああっ」

身をくねらせたその動きで彼のをきつく締めつけてしまったらしい。刹那に彼も息を呑み、ヒナタの内側を快感のほとばしりで満たしていく。

内奥に感じる精液の熱さにもヒナタはしっかり感じてしまい、長すぎる悦楽にしばし意識が遠ざかる。

「ああ、気づいたか」

現実から離れていたのは、たぶんつかの間だったのだろう。自分はまだ彼の下で全裸のままだ。

そして、ヒナタの目に逞しい裸体を晒している彼は、こちらの上に覆いかぶさる格好で、ヒナタのこめかみに口づけを落としてきた。

「よく頑張った。えらかったな」

慈しむ眼差しで頭を撫でられ、ヒナタも照れつつ笑顔になった。

「はい。ありがとうございます」

これで今度こそ無事に初夜が終わったのだ。

大好きなこのひとと結ばれた。今夜のことは自分にとって大切な想い出だ。

重だるい腰をずらして、なんとか起きあがろうとしたところを、しかし男の腕が止める。

「なにをしている」

「え。服を探そうと」

真っ裸で眠るのもはばかられる。それに、身体も拭きたい気がする。

濃すぎる交わりの時間のために、自分のあちこちがどろどろのべたべただ。

けれども、彼は澄ました顔で「必要ない」と言ってくる。

「まだ夜ははじまったばかりだぞ」

え、とヒナタは目を丸くする。

まだ、とは？

「あのう……お互い、その」

達きましたよね、はあからさまで言えなかったが、いちおう伝わったはずだった。

しかし、彼は堂々と胸を張る。

「達ったがどうした。これしきで終わるわけがないだろう」

「ふえっ」

「言ったはずだな。竜の執着はものすごいと」

いまからじっくりと実地でそれを教えてやろう。

にやりと笑って手を伸ばすから、ヒナタは動揺してしまう。

「そ、それはもう充分わかって……わっ」

両腿を摑まれて、ひらかされ、その空間に男の腰が入りこむ。

「い、いまさっき、したばかりで」

あせりつつの辞退の言葉はあっさりと退けられる。

「大丈夫だ。伴侶の儀は済ませたからな。すればするほど、さらに善くなっていくはずだ」

えええっ、と叫びたい。それのために竜の祝福があるんじゃない。そう思うのは間違っているのだろうか。

「で、でもっ……もう今晩は、これくらいに……あ、んんっ」

気持ちの上での抵抗むなしく、濡れて柔らかなヒナタのそこは、猛る男の欲望を拒むどころか悦んで受け入れていく。

ああっ、こんなのもうめちゃくちゃだ。ついさっき出したばかりで……なのに、自分の後ろも前も悦びが隠せない。

もっと欲しい。このひとが欲しいのだと、勝手に身体が準備をはじめる。

「アレク、様っ」

文句を言おうとひらいた口は、けれども睦言《むつごと》にしかならなかった。

「好き……好きです、ほんとに大好き……」

「俺もだ、ヒナタ」

そして、ヒナタは男の腰を自分の内腿で締めつけながら、ふたたび快楽の頂を目指していく。

どこもかしこもとろとろに蕩けてしまって、男の性急な律動も自分を求める証だと、ただひたすらにうれしくて、気持ちよくなっていくだけだ。

アレク様、好き、大好き。ヒナタの頭にはもうそれしか浮かばない。

愛し、愛され、どこまでも。ふたりの夜は果てることなく続いていった。

その翌朝。いまだ意識がはっきりしないヒナタの耳に、なにかぼそぼそと話し声が聞こえてくる。

よくはわからないのだが、会話の相手はヨハンネスなのだろうか。

幸い自分は上掛けにくるまれていて、裸体は丸見えではなかったし、どのみち指一本動かせない。

「初夜で気絶させるまでって、常識の範疇を超えていますが」

「わかったわかった」

「今日の行事はどうされるんです」

「あいつの出席はすべてなしだ。あと、今後の行事も同様に。あいつを人前には出さないからな」

眼鏡の男からの返事はなく、大きなため息ばかりが聞こえた。

「それでいいな」

「かしこまりました。そのように手配します」

どのみち休養が急務だと思いますし。これには嫌味の成分が含まれていた。

「僭越ながら、いちおう申しあげますが、ご伴侶様のお休みは休みのためだけにお使いください」

「わかったわかった」

わずらわしそうな男の声。会話の意味がすべて摑めたわけではないが、いつものやり取りを耳にして、ふわっと気が緩んできたようだった。

寝台は暖かく気持ちがいいし、眠気が急激に差してくる。

うとうとしはじめたヒナタの耳に、ヨハンネスの声だろうつぶやきが聞こえてくる。

「まあ、リントヴルム王国の将来はこれで安泰になったとは思いますが」

あとで知ったが、ヨハンネスのこの言葉は――これほどの寵愛《ちょうあい》を受けていれば、きっとご懐妊の報告もまもなく――との期待と確信とが込められたものだった。

けれどもいまはこの意味を知る由もなく、ヒナタはまもなく安らかな眠りの国へと入っていった。

こんにちは。はじめまして。今城《いまじょう》けいです。「転生したら竜族の王子に猛愛されてます」をご覧くださりありがとうございます。

こちらはタイトルどおりの転生物。前世持ちの受けちゃんは初めての挑戦でしたが、楽しく書くことができました。

いっぽう攻めのほうはといえば、過去に受けた心の傷が癒えないで無気力に陥っている。これも今城の書いたものにはめずらしい感じですが、受けちゃんと出会ってからはそれを完全に払拭し、相手を一途にひたすら囲いこんでおります。

こんなにべったりな攻めの描写はあまりおぼえがないのですが、書いていてすごく面白かったです。

今作のイラストをご担当くださいました兼守美行《かねもりみゆき》先生。キャララフを頂戴しましたときから、その素晴らしさにとても感激しております。

特に攻めのアレクシスが湯浴み用の衣を着ているところ、ものすごくセクシーで拝見したときにはその色っぽさにくらくらしました。受けのヒナタも可愛いですし、ふたりの衣装もとってもロマンチックで美麗でした。

本当にうれしく、心から感謝しております。素敵なイラストをありがとうございました。

また、今回初めての出版社でお世話になることになり、担当様には色々お手数をおかけしました。いたらないところも多々ございましたが、丁寧にご指導くださり恐縮です。ありがとうございました。


そして、拙作をお読みくださった皆様にも心からの感謝を。今城がここまでお話書きを続けてこられたのもひとえに皆様のお陰です。読者様からの励ましのお言葉は、いつも大きな力になって私を支えてくれました。

二〇〇九年に今城けいでデビューしてから、十五年あまりが経ちました。そのあいだに、社会環境も変わり、また私自身の生活にもさまざまな変化が訪れております。

それでも常にお話を書きたいという気持ちがあり、かつそれが許される状況にあったのは、本当に幸せなことだったなあ……としみじみ実感しています。

今城の本を読んで、少しでも楽しんでくださいますよう、そして皆様が毎日お健やかに過ごせますよう、そんなことを心から願っております。


それではまた。ありがとうございました。

カクテルキス文庫

好評発売中!!

◆葵居ゆゆ
青の王と花ひらくオメガ　笹原亜美 画　本体755円+税

青の王と深愛のオメガ妃　笹原亜美 画　本体760円+税
キャラメル味の恋と幸せ　古澤エノ 画　本体760円+税
共鳴するまま、見つめて愛されて　北沢きょう 画　本体760円+税

◆伊郷ルウ
天狐は花嫁を愛でる　明神 翼 画　本体639円+税
赤ちゃん狼が縁結び　小路龍流 画　本体685円+税
異世界で癒やしの神さまと熱愛　えとう綺羅 画　本体685円+税
熱砂の王子と白無垢の花嫁　えとう綺羅 画　本体685円+税
花嫁は豪華客船で熱砂の国へ　水綺鏡夜 画　本体685円+税
八咫鴉さまと幸せ子育て暮らし　すがはら竜 画　本体755円+税
虎の王様から求婚されました　古澤エノ 画　本体755円+税
お稲荷さまはナイショの恋人　すがはら竜 画　本体760円+税
異世界の後宮に間違って召喚されたけど、なぜか溺愛されてます！　明神 翼 画　本体760円+税

◆上原ありあ
囚われた砂の天使　有馬かつみ 画　本体639円+税

◆海野幸
ウサ耳オメガは素直になれない　小椋ムク 画　本体755円+税
活動写真館で逢いましょう ～回るフィルムの恋模様～　伊東七つ生 画　本体760円+税

◆えすみ梨奈
天才ヴァイオリニストに見初められちゃいましたっ！　立石 涼 画　本体685円+税

◆栗城 偲
嘘の欠片　一夜人見 画　本体755円+税

◆gooneone
御曹司は初心な彼に愛を教える　すがはら竜 画　本体760円+税

◆小中大豆
異世界チートで転移して、訳あり獣人と森暮らし　Ciel 画　本体760円+税

◆清白 妙
転生悪役令息ですが、王太子殿下からの溺愛ルートに入りました　明神 翼 画　本体760円+税

◆高岡ミズミ
恋のためらい愛の罪　蓮川 愛 画　本体632円+税
今宵、神様に嫁ぎます。～花嫁は強引に愛されて～　緒田涼歌 画　本体573円+税
恋のしずくと愛の蜜　蓮川 愛 画　本体639円+税
竜神様と僕とモモ ～ほんわか子育て溺愛生活♥～　タカツキノボル 画　本体639円+税
情熱のかけら　えとう綺羅 画　本体685円+税
月と媚薬　立石 涼 画　本体685円+税
溺れるまなざし　やすだしのぐ 画　本体685円+税
オメガの純情 ～砂漠の王子と奇跡の子～　小山田あみ 画　本体755円+税
不器用な唇 First love　金ひかる 画　本体760円+税
不器用な唇 Sweet days　金ひかる 画　本体760円+税
イケメンあやかしの許嫁　明神 翼 画　本体760円+税

◆橘かおる
神獣の寵愛 ～白銀と漆黒の狼～　明神 翼 画　本体573円+税
神獣の溺愛 ～狼たちのまどろみ～　明神 翼 画　本体630円+税
黒竜の花嫁 ～異世界で王太子サマに寵愛されてます～　稲荷家房之介 画　本体639円+税
神の花嫁　タカツキノボル 画　本体648円+税
レッドカーペットの煌星　明神 翼 画　本体685円+税
その唇に誓いの言葉を　実相寺紫子 画　本体685円+税
神主サマはスパダリでした　タカツキノボル 画　本体685円+税
黒竜の寵愛 ～異世界で王太子サマと新婚生活～　稲荷家房之介 画　本体685円+税
神様のお嫁様　タカツキノボル 画　本体685円+税

カクテルキス文庫

Cocktail Kiss Label

好評発売中！！

- 王宮騎士の溺愛　タカツキノボル画　本体685円＋税
- 妖精王と麗しの花嫁　香坂あきほ画　本体685円＋税
- いつわりの甘い囁き　すがはら竜画　本体755円＋税
- ツンデレ猫は、オレ様社長に溺愛される　香坂あきほ画　本体755円＋税

◆中原一也

- 野良猫とカサブランカ　実相寺紫子画　本体591円＋税

◆火崎　勇

- ランドリーランドリー　有馬かつみ画　本体685円＋税
- 夕闇をふたり　実相寺紫子画　本体685円＋税
- ホントウは恋のはじまり　タカツキノボル画　本体755円＋税
- 彼と彼との家族のカタチ　金ひかる画　本体760円＋税
- 転生したら聖女じゃなく、騎士侯爵の偽恋人になりました　古澤エノ画　本体760円＋税
- 王弟殿下は転生者を溺愛する　すがはら竜画　本体760円＋税
- 愛さないと言われましたが、やり直したら騎士が溺愛してきます　カトーナオ画　本体760円＋税
- 孤独を知る異世界転移者は最強の王に溺愛される　稲荷家房之介画　本体760円＋税

◆日向唯稀

- Dr.ストップ —白衣の拘束—　水貴はすの画　本体600円＋税
- Bitter・Sweet —白衣の禁令—　水貴はすの画　本体618円＋税
- 獄中 —寵辱の褥—　タカツキノボル画　本体685円＋税

◆妃川　螢

- オーロラの国の花嫁　えとう綺羅画　本体573円＋税
- 誑惑の檻 —黒皇の花嫁—　みずかねりょう画　本体630円＋税
- ラブ・メロディ —執着の旋律—　せら画　本体648円＋税
- ラブ・メロディ —情熱の旋律—　せら画　本体685円＋税
- 王と剣 —マリアヴェールの刺客—　みずかねりょう画　本体685円＋税
- 恋の孵化音 —Love Recipe—　かんべあきら画　本体685円＋税
- 金融王の寵愛　海老原由里画　本体685円＋税
- 禁断ロマンス　朝南かつみ画　本体685円＋税
- 王様のデセール —Dessert du Roi—　笹原亜美画　本体760円＋税

◆藤森ちひろ

- 愛執の褥 ～籠の中の花嫁～　小路龍流画　本体618円＋税

◆森本あき

- 魔王の花嫁候補 ～下級魔法使いの溺愛レッスン～　えとう綺羅画　本体685円＋税
- 希少種オメガの憂鬱　立石　涼画　本体685円＋税
- 同棲はじめました。～子育て運命共同体～　タカツキノボル画　本体755円＋税

◆義月粧子

- 宿命の婚姻 ～花嫁は褥で愛される～　みずかねりょう画　本体582円＋税
- かりそめの婚約者　水綺鏡夜画　本体630円＋税
- オメガバースの不完全性定理　星名あんじ画　本体685円＋税
- オメガバースの双子素数予想　星名あんじ画　本体685円＋税
- オメガバースのP対NP予想　星名あんじ画　本体685円＋税
- 諸侯さまの子育て事情　小禄画　本体685円＋税
- オメガバースの寵愛レシピ　Ciel画　本体755円＋税
- 闇に溺れる運命のつがい　タカツキノボル画　本体755円＋税
- 箱入りオメガは溺愛される　すがはら竜画　本体755円＋税
- 引き合う運命の糸 ～α外科医の職場恋愛　古澤エノ画　本体760円＋税
- 王族アルファの花嫁候補　小山田あみ画　本体760円＋税
- 運命のつがいは巡り逢う　小山田あみ画　本体760円＋税

【電子書籍配信】

◆妃川　螢

- 不敵な恋の罪　タカツキノボル画　本体857円＋税
- ワガママは恋の罪　タカツキノボル画　本体857円＋税

Cocktail Kiss Label

カクテルキス文庫をお買い上げいただきありがとうございます。
先生方へのファンレター、ご感想は
カクテルキス文庫編集部へお送りください。

〒102-0073　東京都千代田区九段北3-2-5 5F
株式会社Jパブリッシング　カクテルキス文庫編集部
「今城けい先生」係 ／「兼守美行先生」係

◆カクテルキス文庫HP◆ https://www.j-publishing.co.jp/cocktailkiss/

転生したら竜族の王子に猛愛されてます

2024年6月30日　初版発行

著　者　今城けい
©Kei Imajou

発行人　藤居幸嗣

発行所　株式会社Jパブリッシング
〒102-0073　東京都千代田区九段北3-2-5 5F
TEL　03-3288-7907
FAX　03-3288-7880

印刷所　中央精版印刷株式会社

ISBN978-4-86669-679-9　Printed in JAPAN